ÉTONNANTS • CLASSIQUES

HUGO

Les Misérables
1

Présentation, notes, chronologie et dossier par
SANDRINE COSTA,
professeur de lettres

GF Flammarion

De Hugo,
dans la collection « Étonnants Classiques »

Claude Gueux
Le Dernier Jour d'un condamné
Les Misérables (2 vol.)
Notre-Dame de Paris
Quatrevingt-treize
L'Intervention, suivie de *La Grand'Mère*
Le roi s'amuse
Ruy Blas

Édition revue, 2006.
ISBN : 978-2-0807-2270-6
ISSN : 1269-8822

SOMMAIRE

DEUXIÈME PARTIE
COSETTE

TROISIÈME PARTIE
MARIUS

PRÉSENTATION

Un roman de la maturité

Quand paraissent *Les Misérables*, Victor Hugo est un écrivain reconnu et célèbre.

Chef de file du Cénacle[1] romantique depuis la préface de sa pièce de théâtre *Cromwell*, en 1827, qui constitue l'acte de naissance du drame romantique, et depuis la représentation houleuse et passionnelle d'*Hernani* en 1830, Hugo s'impose à la fois comme le théoricien et le plus brillant représentant de ce courant revendiquant la liberté dans l'art. Ce « vent révolutionnaire » qu'il prétend faire souffler dans les lettres s'illustre aussi en poésie avec en particulier *Les Orientales*, en 1829, et *Les Contemplations*, en 1853.

Mais ce génie précoce de la littérature s'illustre aussi dans le genre romanesque avec le même succès, comme en atteste en particulier *Notre-Dame de Paris*, paru en 1831.

Les Misérables connaîtront à leur tour un immense succès au moment de leur parution, en 1862, notamment dans les milieux ouvriers, l'attente des volumes suivants, dont la parution s'échelonne d'avril à juin, renforçant le suspense et attisant la curiosité du public. L'accueil de la critique est pourtant très partagé : pour les plus nombreux, il s'agit d'une œuvre capitale,

1. *Cénacle* : réunion d'un petit nombre d'artistes, de philosophes, etc. Ici, il s'agit d'hommes de lettres.

d'un véritable chef-d'œuvre littéraire, mais pour certains la leçon du roman est dangereuse : on lui reproche de susciter chez les ouvriers des espoirs infondés et des rêves de révolte ; pour d'autres, enfin, cette peinture de la misère et des bas-fonds est répugnante et immorale.

Après plus d'un siècle, la postérité de l'œuvre ainsi que ses nombreuses adaptations cinématographiques ne peuvent que donner raison à ses premiers défenseurs.

Parallèlement à ces succès littéraires qui lui garantissent les honneurs (il est fait chevalier de la Légion d'honneur, puis élu à l'Académie française en 1841) et la popularité (il est élu député en 1848 et 1871, puis sénateur en 1875), la vie privée de Victor Hugo s'est assombrie, avec la mort par noyade de sa fille Léopoldine et de son jeune époux Charles Vacquerie, le 4 septembre 1843. L'évolution du climat politique, génératrice d'espoirs dans un premier temps, auxquels succède bientôt la déception, va marquer une nouvelle étape dans les souffrances du poète, qui est contraint à l'exil au moment du Second Empire.

La révolte et l'exil

Les raisons de cet exil politique sont à chercher dans l'évolution des engagements du romancier : fils d'un partisan fervent de la Révolution française et d'une mère royaliste, ce n'est qu'à la mort de cette dernière qu'Hugo se rapproche de son père dont il apprend à partager la fascination pour Napoléon Ier, comme ce sera le cas dans *Les Misérables* pour son personnage Marius Pontmercy. Cela n'empêche pas Hugo, dans sa jeunesse, de rester proche de la monarchie de Juillet qui le couvre d'honneurs.

Bientôt pourtant, la compassion pour le sort des plus misérables et la révolte face aux actes de censure exercés par le pouvoir en place vont progressivement l'amener à prendre position en faveur d'une démocratie libérale et plus humaine. C'est ainsi qu'Hugo accueille avec enthousiasme l'installation de la République en 1848 et qu'il devient député. Il soutient la politique de Louis-Napoléon, mais la réduction progressive des libertés civiles et individuelles, puis l'évolution vers un gouvernement de plus en plus personnel aboutissant au coup d'État du 2 décembre vont provoquer la rupture définitive entre le poète et celui qu'il ne nommera plus que « Napoléon le Petit ». Après un virulent discours à l'Assemblée contre le prince-président, Victor Hugo s'exile à Bruxelles, puis un décret d'expulsion du territoire français le conduit à Jersey puis à Guernesey[1]. Le recueil de poèmes satiriques *Les Châtiments*, autre œuvre de l'exil publiée en 1853, révèle la haine du poète contre Napoléon III, présenté comme le symbole de la tyrannie. Hugo y utilise tout le génie et la puissance de son verbe poétique pour dénoncer la violence et l'injustice de cet homme d'État.

À la chute du Second Empire, en 1870, Victor Hugo peut enfin regagner la France. Il apparaît désormais comme le défenseur des valeurs et des institutions républicaines auxquelles il participe comme sénateur. Lorsqu'il meurt, en 1885, le pays lui organise des funérailles nationales. Un cortège mène son cercueil de l'Arc de triomphe au Panthéon, où il est inhumé.

1. Jersey et Guernesey sont deux îles anglo-normandes, situées dans la Manche, entre la Normandie et l'Angleterre.

Genèse des *Misérables*

Comment l'idée de cette gigantesque fresque est-elle venue à Victor Hugo ?

La genèse de ce roman a lieu en deux temps : avant et pendant l'exil. Avant l'exil, nous trouvons deux traces différentes du projet des *Misérables* : quelques notes prises rapidement à Paris après un séjour dans le midi de la France durant lequel Victor Hugo avait visité le bagne de Toulon et un manuscrit daté de 1845 portant le titre de *Jean Tréjean*, personnage influent socialement mais cachant une personnalité sombre et douloureuse. Dans la même période, nous savons que le romancier projette une œuvre inspirée par la multiplication d'inquiétants rapports sur le sort et la misère des milieux ouvriers. On ignore comment ces différents projets ont été rapprochés pour donner naissance au projet précis des *Misérables*. En revanche, on sait que la trame narrative a été clairement fixée et que de nombreux épisodes situés à des endroits très différents du texte ont été rédigés avant l'exil. Victor Hugo ne reprend le travail de son manuscrit qu'en 1860 et introduit de nombreuses variantes par rapport à la version première : du point de vue de la forme d'abord, puisqu'il passe d'un plan en trois parties à la structure en cinq parties que nous connaissons ; du point de vue de la longueur ensuite, puisque par toute une série de digressions et d'ajouts le volume global du roman va doubler ; du point de vue du fond enfin, puisque Victor Hugo est devenu républicain.

Ces quinze années qui séparent le projet de la publication sont marquées par l'évolution personnelle du romancier : il a vieilli, il a souffert de l'exil, mais il reste plus que jamais persuadé de la haute fonction du poète, qui consiste à dénoncer par ses œuvres les injustices et les abus (*Le Dernier Jour d'un condamné* contre la peine de mort, *Les Châtiments* contre Napoléon III).

Un roman engagé

L'action des *Misérables* n'est cependant pas exactement contemporaine de l'époque où est rédigé le roman. La période historique couverte par le récit s'étend de 1815 à 1832 : ce sont les années de la seconde restauration monarchique, avec les règnes de Louis XVIII et Charles X. Victor Hugo, en outre, fait de nombreuses références à la période révolutionnaire qui précède : il évoque ainsi les conséquences de la Terreur sur Guillenormand, l'émigration de Bienvenu Myriel, l'Empire et Napoléon avec le récit de la défaite de Waterloo, etc. Cette relation particulière à l'Histoire, caractérisée à la fois par une précision extrême et par une certaine distanciation, est à l'image de tout le roman qui se veut non seulement roman social ancré dans la réalité, mais aussi et surtout une œuvre à la portée morale et philosophique.

Soucieux de réalisme, Hugo, pour décrire la société du début du XIXe siècle, s'est appuyé sur une documentation précise concernant le statut des bagnards, des prostituées et des bas-fonds de Paris.

Influencé notamment par la publication en 1828 des *Mémoires* de Vidocq, un ancien forçat devenu policier, le romancier s'intéresse particulièrement au statut du bagnard : nous savons que sa visite au bagne de Toulon l'avait fortement marqué et ému, et c'est de ce lieu qu'il fait revenir Jean Valjean. Dans *Le Dernier Jour d'un condamné*, il évoque le terrible rituel du ferrage des hommes[1], scène qui donnera également lieu à une longue description au début de la quatrième partie des *Misérables*. Mais, au-delà de la vie au bagne, ce qui scandalise Victor Hugo, c'est

1. *Le Dernier Jour d'un condamné*, Flammarion, « Étonnants Classiques » n° 2074, 1998, chap. 13, p. 54-63.

l'exclusion sociale définitive qui frappe le forçat : même si, depuis 1810, il n'est plus marqué au fer rouge, son passeport porte la lettre F, et l'ancien prisonnier est assigné à résidence. En cas de déplacement, il est tenu de se présenter à la gendarmerie de chaque village traversé ; s'il ne le fait pas, il est en rupture de ban et donc recherché par la police. Cette contrainte le rend facilement identifiable par une population peu accueillante : c'est ce qui arrive à Jean Valjean au début du roman.

C'est en fait toute l'institution judiciaire qu'Hugo dénonce. Il reproche notamment au système sa déshumanisation et son fonctionnement expéditif qui favorise nombre d'erreurs judiciaires, comme l'illustre le cas de Champmathieu (I, 6, p. 114-116), reconnu à tort par Javert et par d'anciens bagnards comme étant Jean Valjean. La parodie de procès à laquelle on assiste aurait conduit un innocent au bagne sans l'intervention du véritable Valjean. Le romancier condamne aussi la disproportion entre le crime commis et le châtiment : un vol avec effraction (même s'il ne s'agit que de pain) est puni des travaux forcés, et la récidive[1] pour un ancien bagnard est sanctionnée par la peine de mort. Cette disproportion ne peut avoir que des effets néfastes que Victor Hugo illustre et dénonce à travers son héros : un homme qui vole pour se nourrir et nourrir sa famille, confronté au sentiment d'injustice et à la longue fréquentation de criminels endurcis, n'a guère de chance, à sa sortie du bagne, de ne pas rêver de vengeance ou de ne pas avoir été « contaminé » par la violence et le crime liés au milieu carcéral.

Ainsi la justice, loin de permettre aux criminels de se racheter et de se resocialiser une fois leur peine accomplie, ne peut produire que des individus qui, victimes de rejet et d'exclusion, sont

1. *Récidive* : rechute.

condamnés à la marginalité et donc à la récidive ; plus grave encore, le vice devient chez eux comme une seconde nature. Ainsi Jean Valjean, accueilli chaleureusement par Bienvenu Myriel, n'hésitera pas à le dépouiller, avant de voler à un enfant sa pièce de monnaie avec une détermination et une insensibilité effrayantes.

Un roman humain...

Au-delà de l'engagement social et politique, ce qui frappe le lecteur, c'est la tendresse avec laquelle Hugo nous intéresse au sort de ses personnages. Certes, comme nous l'avons vu, la méchanceté froide de Jean Valjean est mise en scène à deux reprises, mais, chaque fois, elle est compensée par une véritable crise de conscience. Elle se manifestera, dans le cas du Petit-Gervais (I, 2, p. 64-68), par des larmes et une tentative de rachat de la faute accomplie, et dans celui de Bienvenu Myriel par une reconnaissance éternelle, l'ancien forçat prenant le deuil quand il apprend la mort de son bienfaiteur.

Tout le roman est rythmé par l'évolution de la conscience morale du héros, « innocent » voleur au départ, puis perverti par le bagne et qui retrouvera peu à peu son humanité en sauvant deux hommes, l'un accusé à sa place (Champmathieu), l'autre victime d'un accident (Fauchelevent). Mais c'est dans sa vie quotidienne, surtout, que la transformation morale de Jean Valjean est le plus sensible : il sera tour à tour le patron paternaliste et soucieux de la morale de ses employés, l'homme charitable défendant la prostituée Fantine contre le policier Javert, l'homme juste voulant réparer le mal fait à Fantine malgré lui, le « père » affectueux de Cosette ; sachant être généreux lorsqu'il s'agit de sauver la vie de Marius ou même celle de son éternel ennemi Javert, oublieux de lui-même lorsqu'il se sacrifie pour le bonheur de Cosette.

Au-delà de son héros, la sensibilité de Victor Hugo, sa capacité de compassion, qui transparaît dans un style souvent pathétique [1], s'attache principalement aux figures de l'innocence et de la fragilité : les victimes et les enfants. Fantine est très proche, en ce sens, de Jean Valjean : elle aussi commet une faute dans sa jeunesse, mais c'est l'injustice et la légèreté des hommes qui font d'elle une « fille perdue ». Son amour absolu et si pur pour son enfant la rachète aux yeux d'Hugo, et elle accède après sa mort au statut d'ange, veillant sur le sommeil et le bien-être de Cosette. Cet amour de l'innocence annonce déjà l'auteur de *L'Art d'être grand-père*.

Les enfants sont les personnages les plus touchants du roman : que ce soit Cosette, Cendrillon du monde moderne, maltraitée par les Thénardier, petite fille laide s'épanouissant comme une fleur dans le jardin de Picpus et sous le regard tendre de Jean Valjean, ou encore Gavroche, enfant des rues abandonné par ses parents et servant lui-même de père à de plus jeunes « orphelins », personnage à l'honnêteté parfois douteuse mais capable des actes les plus héroïques, même au péril de sa vie.

La mort de l'enfant est un thème qui hante toute l'œuvre de Victor Hugo [2]. Il est plein des douloureux échos autobiographiques d'un père qui a perdu un fils à la naissance et une fille toute jeune mariée, et contribue à donner aux *Misérables* ces

1. *Pathétique* : émouvant, bouleversant.
2. Voir notamment « Souvenir de la nuit du 4 » dans *Les Châtiments*, qui peint les larmes d'une grand-mère devant le corps sans vie d'un jeune garçon tué lors des émeutes ayant suivi le coup d'État du 2 décembre.

accents sincères qui en font une véritable épopée de l'humanité souffrante.

... et chrétien

« Le livre qu'on va lire est un livre religieux », écrivait Hugo dans un projet de préface aux *Misérables*. Outre la présence constante de la thématique religieuse, incarnée notamment dans la première partie par Mgr Myriel, l'œuvre met en scène la Providence, c'est-à-dire Dieu. C'est elle qui favorise la rencontre de Jean Valjean et de Bienvenu Myriel, c'est elle encore qui permet à l'homme et à Cosette d'échapper à leurs poursuivants. Mais surtout, la trame du roman épouse les étapes qui conduisent l'ancien forçat au salut[1]. Comme l'indique Marius aux dernières pages de l'œuvre, « le forçat se transfigurait en Christ ». Jean Valjean incarne ainsi la figure d'un Christ douloureux, vivant sa Passion[2] avec ses peurs et ses doutes, faisant le bien autour de lui et ne cessant jamais de prier. À ses côtés, d'autres personnages se trouvent transfigurés : Fantine, qui hante les rêves de Cosette sous les traits d'un ange, Javert, qui apparaît sous les traits du démon.

---

1. *Salut* : dans le christianisme, le fait d'être sauvé du péché et de la damnation éternelle.
2. *Passion* : souffrances que le Christ dut endurer sur son « chemin de Croix », c'est-à-dire lorsqu'il porta la croix sur laquelle il allait être crucifié.

Un roman foisonnant

Le personnage de Jean Valjean sert de colonne vertébrale à ce roman.

Autour de lui se greffe toute une série de personnages ou de développements secondaires qui peuvent d'abord sembler inutiles, mais qui trouvent toujours une place naturelle par rapport à l'intrigue principale. La longue évocation de Waterloo, par exemple, permet d'introduire le personnage de Thénardier qui « sauve » un soldat blessé ; cet inconnu ne sera identifié que dans la quatrième partie comme le père de Marius, obligeant ce dernier à choisir entre le désir de sauver celui qu'il croit être le père de Cosette et le refus de dénoncer à la police le sauveur de son père. Hugo distille ses informations mais pour mieux les rassembler et les éclairer au moment opportun.

Ce caractère foisonnant du roman le rapproche du modèle du roman populaire, héritier des *Mystères de Paris* d'Eugène Sue. L'intrigue est sans cesse soutenue par le suspense que constitue la poursuite de Jean Valjean par Javert, à travers toute la France, les différents quartiers de Paris ou encore ses égouts. Cette « chasse à l'homme » s'accompagne de changements d'identité, d'évasions rocambolesques[1] et autres rebondissements qui tiennent sans cesse en haleine la curiosité du lecteur.

L'apparition de personnages hauts en couleur s'exprimant en argot ainsi que l'abondance des dialogues accentuent la vivacité de l'œuvre et son caractère vivant. Sa richesse tient aussi au mélange des tons et des genres, à l'alternance du lyrisme[2], du pathétique et du comique.

1. *Rocambolesques* : extravagantes.
2. *Lyrisme* : style poétique marqué par un certain enthousiasme.

Pourquoi lire *Les Misérables* ?

Lire ce roman si célèbre, c'est déjà s'offrir le plaisir de retrouver Jean Valjean, Fantine, Cosette ou Gavroche, tous ces personnages devenus de véritables mythes. C'est aussi se laisser porter par l'art du récit hugolien, toujours vif, surprenant, aiguisant la curiosité du lecteur avide d'aventures, mais touchant aussi sa sensibilité par la peinture des misères du peuple.

Force est de constater, en outre, que ce roman aborde des thèmes qui restent d'actualité dans notre société contemporaine : l'exclusion dont est victime le héros nous interroge sur les capacités d'intégration et de réinsertion des individus isolés et différents, anciens prisonniers ou délinquants, étrangers ou marginaux. La spirale de la pauvreté menant au dénuement physique et moral, voire au vol et à la violence individuelle ou collective, est encore un sujet qui nous concerne. Si les enfants dans nos pays d'Europe ne vivent guère la situation tragique de Cosette ou Gavroche, les questions de maltraitance ne sont pas toutes réglées, et il est de nombreux pays où le travail des enfants et leurs conditions de vie sont encore proches des réalités décrites par Victor Hugo.

C'est pourquoi la lecture de cette épopée du XIXe siècle ne peut que susciter des questionnements sur les « progrès » qu'espérait le romancier et qui restent sans doute des combats à mener aujourd'hui.

CHRONOLOGIE

1802 1885

- Repères historiques et culturels
- Vie et œuvre de l'auteur

Repères historiques et culturels

1802 Chateaubriand : *René*.

1804 Napoléon Ier est sacré empereur.

1808 Code d'instruction criminelle.

1810 Code pénal.

1812 Pour les parricides (meurtres ou tentatives), le Code ajoute à la peine de mort celle d'avoir d'abord le poignet droit tranché.
Les attentats sur la personne de l'empereur sont considérés comme tels.

1814 Restauration.
Début du règne de Louis XVIII.
Les Cent-Jours.
18 juin : bataille de Waterloo.

1820 Alphonse de Lamartine : *Méditations poétiques*.

1822 Guizot : *De la peine de mort en matière politique*.

1824 Début du règne de Charles X.

Vie et œuvre de l'auteur

1802 *26 février* : Victor Hugo naît à Besançon.

1809 Victor et sa famille habitent aux Feuillantines, à Paris.

1812 *Octobre* : condamnation et exécution du général Lahorie, parrain de Victor Hugo, après le coup d'État avorté auquel il a participé.

1816 Victor Hugo écrit dans ses *Cahiers* : « Je veux être Chateaubriand ou rien. »

1818 Ses parents se séparent.
Hugo assiste, devant le Palais de justice de Paris, au supplice d'une domestique : condamnée pour vol, elle est mise au carcan et marquée au fer rouge.

1821 Sa mère meurt.

1822 *18 octobre* : Victor Hugo se marie avec Adèle Foucher.

1823 Son frère, Eugène, est interné dans un hôpital psychiatrique.
Naissance de Léopold, son premier enfant. Il meurt à peine trois mois plus tard.

1824 Naissance de Léopoldine, sa première fille.

Repères historiques et culturels

1828 Vidocq, célèbre policier et ancien bagnard, publie ses *Mémoires*.

1830 Révolution de Juillet.
Monarchie de Juillet, début du règne de Louis-Philippe.
Lamartine : *Ode contre la peine de mort*.
Stendhal : *Le Rouge et le Noir*.

1832 *1er juin* : Claude Gueux est décapité à Troyes.
Funérailles du général Lamarque.
Insurrection populaire.

1834 Honoré de Balzac : *Le Père Goriot*.

1836 Lacenaire : *Mémoires, révélations et poésies*.

Vie et œuvre de l'auteur

1825 Il est fait chevalier de la Légion d'honneur.

1826 Naissance de Charles, son deuxième fils.
Hugo visite la Conciergerie.

1827 Hugo assiste à Bicêtre au ferrement des forçats.

1828 Son père, le général Hugo, meurt.
Odes et Ballades (poèmes).
Naissance de François-Victor.

1829 Publication du *Dernier Jour d'un condamné.*

1830 Naissance d'Adèle, sa seconde fille.

1831 *Notre-Dame de Paris* (roman).
Les Feuilles d'automne (poèmes).

1834 *Claude Gueux* (roman).

1835 *Les Chants du crépuscule* (poèmes).

1837 *Les Voix intérieures* (poèmes).

1838 *Ruy Blas* (théâtre).

1839 Condamnation à mort de Barbès ; Hugo intervient auprès de Louis-Philippe pour obtenir sa grâce. Il participe à des manifestations de soutien. La peine est commuée par le roi.
Hugo visite le bagne de Toulon.
Premières « traces » d'un projet qui deviendra *Les Misérables*.

Repères historiques et culturels

1842 Eugène Sue : *Les Mystères de Paris.*

1844 Dumas père : *Les Trois Mousquetaires.*
Le Comte de Monte-Cristo.

1848 Révolution de février.
IIe République.
Le gouvernement provisoire décrète l'abolition de la peine de mort en matière politique.

1851 *2 décembre* : coup d'État.

1852 *2 décembre* : Second Empire.

1854 Guerre de Crimée.

1856 Gustave Flaubert : *Madame Bovary.*

1857 Charles Baudelaire : *Les Fleurs du mal.*

Vie et œuvre de l'auteur

1841 Il est élu à l'Académie française.

1843 *15 février* : sa fille, Léopoldine, se marie avec Charles Vacquerie.
4 septembre : ils meurent tous les deux noyés.

1845 Rédaction d'un manuscrit portant le titre de *Jean Tréjan* (deuxième esquisse des *Misérables*).

1846 Procès de Joseph Henri à la Chambre des pairs. Il avait tiré des coups de feu en direction du roi. Hugo intervient énergiquement et demande l'indulgence.
Henri est condamné à perpétuité.

1847 Visite du quartier des condamnés à mort à la prison de la Roquette.

1848 Député, il soutient la politique de Louis-Napoléon.
Le projet des *Misérables* dans sa version définitive est arrêté. Plusieurs épisodes sont déjà rédigés.

1851 Il fait un discours à l'Assemblée contre le prince-président, Louis-Napoléon.
11 décembre : il s'exile à Bruxelles.

1852 Il est expulsé, par décret, du territoire français et s'installe à Jersey puis à Guernesey, îles anglaises.

1853 *Les Contemplations* (poèmes).

1854 Publication de *Aux habitants de Guernesey*.

Repères historiques et culturels

1859 Guerre d'Italie.
Condamnation à mort de John Brown, héros du combat contre l'esclavage.

1865 Abolition de l'esclavage aux États-Unis.

1867 Abolition de la peine de mort au Portugal.

1870 Guerre franco-allemande.
4 septembre : IIIe République.

1871 Insurrection de la Commune de Paris.

Vie et œuvre de l'auteur

1859 *La Légende des siècles* (poèmes).
Aux États-Unis d'Amérique, texte de Hugo qui participe au mouvement d'opinion en faveur de John Brown.

1861 Signature du contrat des *Misérables* auprès de l'éditeur bruxellois Albert Lacroix.

1862 *Les Misérables* (roman).

1865 Lettres d'appui aux comités italien et anglais contre la peine de mort.
Les Chansons des rues et des bois (poèmes).

1867 Lettre ouverte de Victor Hugo au président ; il demande la grâce de l'empereur fantoche du Mexique, Maximilien, abandonné par les troupes de Napoléon III.

1868 Naissance de son petit-fils, Charles.
Sa femme meurt.

1869 Il préside à Lausanne le Congrès de la Paix.
Jeanne, sa petite-fille, naît.

1870 Après presque vingt ans d'exil, il revient en France.

1871 Mort de son fils, Charles.
Élection de Victor Hugo à la Chambre des députés.
Il démissionne.

1872 Sa fille Adèle est internée dans un hôpital psychiatrique.

1875 Il est élu sénateur.
Pour un soldat. Hugo demande la grâce d'un soldat condamné à mort pour insultes envers un supérieur.
Il l'obtient.

Repères historiques et culturels

1876 Invention du téléphone.

1880 Jules Ferry rend l'école obligatoire.

1889 Inauguration de la tour Eiffel.

Vie et œuvre de l'auteur

1877 *L'Art d'être grand-père* (poèmes).

1882 Article de Victor Hugo dans *Le Rappel*.
Il s'élève contre dix condamnations à mort en Russie.

1883 Lettre à la reine Victoria pour la grâce de O'Donnell.

1885 *22 mai* : mort de Victor Hugo.
31 mai : son cercueil est exposé sous l'Arc de triomphe.
1er juin : funérailles nationales.

Les Misérables

Tant qu'il existera, par le fait des lois et des mœurs, une damnation sociale créant artificiellement, en pleine civilisation, des enfers, et compliquant d'une fatalité humaine la destinée qui est divine ; tant que les trois problèmes du siècle, la dégradation de l'homme par le prolétariat, la déchéance de la femme par la faim, l'atrophie de l'enfant par la nuit, ne seront pas résolus ; tant que, dans certaines régions, l'asphyxie sociale sera possible ; en d'autres termes, et à un point de vue plus étendu encore, tant qu'il y aura sur terre ignorance et misère, des livres de la nature de celui-ci pourront ne pas être inutiles.

Hauteville House, 1862.

Première partie
Fantine

1

Un juste

En 1815, M. Charles-François-Bienvenu Myriel était évêque de D —. C'était un vieillard d'environ soixante-quinze ans ; il occupait le siège de D — depuis 1806. […]

En 1804 M. Myriel était curé de B. (Brignolles). Il était déjà vieux, et vivait dans une retraite[1] profonde.

Vers l'époque du couronnement, une petite affaire de sa cure[2], on ne sait plus trop quoi, l'amena à Paris. Entre autres personnes puissantes, il alla solliciter pour ses paroissiens[3] M. le cardinal Fesch. Un jour que l'empereur[4] était venu faire visite à son oncle, le digne curé qui attendait dans l'antichambre[5], se trouva sur le passage de sa majesté. Napoléon, se voyant regarder avec une certaine curiosité par ce vieillard, se retourna et dit brusquement :

– Quel est ce bonhomme qui me regarde ?

– Sire, dit M. Myriel, vous regardez un bonhomme et moi je regarde un grand homme. Chacun de nous peut profiter.

L'empereur, le soir même, demanda au cardinal le nom de ce curé, et quelque temps après M. Myriel fut tout surpris d'apprendre qu'il était nommé évêque de D —. […]

M. Myriel était arrivé à D — accompagné d'une vieille fille, mademoiselle Baptistine, qui était sa sœur et qui avait dix ans de moins que lui.

Ils avaient pour tout domestique une servante du même âge que mademoiselle Baptistine, et appelée madame Magloire, laquelle, après avoir été *la servante de M. le curé*, prenait mainte-

---

1. ***Retraite*** : éloignement, fait d'être retiré.
2. ***Cure*** : paroisse, résidence de curé.
3. ***Paroissiens*** : habitants de la paroisse, c'est-à-dire d'une zone sous l'administration d'un curé.
4. ***L'empereur*** : il s'agit de Napoléon Ier.
5. ***Antichambre*** : pièce d'attente placée à l'entrée d'un appartement.

nant le double titre de femme de chambre de mademoiselle et femme de charge[1] de monseigneur. [...]

2

La chute

Dans les premiers jours du mois d'octobre 1815, une heure environ avant le coucher du soleil, un homme qui voyageait à pied entrait dans la petite ville de D —. Les rares habitants qui se trouvaient, en ce moment, à leurs fenêtres ou sur le seuil de leurs maisons, regardaient ce voyageur avec une sorte d'inquiétude. Il était difficile de rencontrer un passant d'un aspect plus misérable. C'était un homme de moyenne taille, trapu et robuste, dans la force de l'âge. Il pouvait avoir quarante-six ou quarante-huit ans. Une casquette à visière de cuir rabattue cachait en partie son visage brûlé par le soleil et le hâle[2] et ruisselant de sueur. Sa chemise de grosse toile jaune, rattachée au col par une petite ancre d'argent, laissait voir sa poitrine velue ; il avait une cravate, tordue en corde, un pantalon de coutil[3] bleu, usé et râpé, blanc à un genou, troué à l'autre, une vieille blouse grise en haillons, rapiécée à l'un des coudes d'un morceau de drap vert cousu avec de la ficelle, sur le dos un sac de soldat fort plein, bien bouclé et tout neuf, à la main un énorme bâton noueux, les pieds sans bas dans des souliers ferrés, la tête tondue et la barbe longue.

La sueur, la chaleur, le voyage à pied, la poussière, ajoutaient je ne sais quoi de sordide à cet ensemble délabré.

1. ***Femme de charge*** : femme à qui l'on confie les gros travaux de la maison.
2. ***Hâle*** : action de l'air et du soleil sur la peau.
3. ***Coutil*** : toile serrée de coton.

Les cheveux étaient ras, et pourtant hérissés ; car ils commençaient à pousser un peu et semblaient n'avoir pas été coupés depuis quelque temps.

Personne ne le connaissait. Ce n'était évidemment qu'un passant. D'où venait-il ? Du midi. Des bords de la mer peut-être. Car il faisait son entrée dans D — par la même rue qui sept mois auparavant avait vu passer l'empereur Napoléon allant de Cannes à Paris. Cet homme avait dû marcher tout le jour. Il paraissait très fatigué. Des femmes de l'ancien bourg [1] qui est au bas de la ville l'avaient vu s'arrêter sous les arbres du boulevard Gassendi et boire à la fontaine qui est à l'extrémité de la promenade. Il fallait qu'il eût bien soif, car des enfants qui le suivaient le virent encore s'arrêter et boire, deux cents pas plus loin, à la fontaine de la place du marché.

Arrivé au coin de la rue Poichevert, il tourna à gauche et se dirigea vers la mairie. Il y entra ; puis sortit un quart d'heure après. Un gendarme était assis près de la porte sur le banc de pierre où le général Drouot [2] monta le 4 mars pour lire à la foule effarée des habitants de D — la proclamation du golfe Juan [3]. L'homme ôta sa casquette et salua humblement le gendarme.

Le gendarme, sans répondre à son salut, le regarda avec attention, le suivit quelque temps des yeux, puis entra dans la maison de ville.

Il y avait alors à D — une belle auberge à l'enseigne [4] de *la Croix-de-Colbas*. […]

L'homme se dirigea vers cette auberge qui était la meilleure du pays. Il entra dans la cuisine, laquelle s'ouvrait de plain-pied sur

---

1. ***Bourg*** : gros village où se tenaient les marchés.
2. ***Drouot*** : général napoléonien (1774-1847) qui accompagna l'empereur dans son exil.
3. ***Golfe Juan*** : lieu où débarqua Napoléon le 1er mars 1815 au retour de son exil sur l'île d'Elbe.
4. ***Enseigne*** : panneau portant une inscription ou un objet symbolique représentant l'activité d'un commerçant.

la rue. Tous les fourneaux étaient allumés ; un grand feu flambait gaiement dans la cheminée. L'hôte[1], qui était en même temps le chef, allait de l'âtre[2] aux casseroles, fort occupé et surveillant un excellent dîner destiné à des rouliers[3] qu'on entendait rire et parler à grand bruit dans une salle voisine. Quiconque a voyagé sait que personne ne fait meilleure chère[4] que les rouliers. Une marmotte grasse, flanquée de perdrix blanches et de coqs de bruyère, tournait sur une longue broche devant le feu ; sur les fourneaux cuisaient deux grosses carpes du lac de Lauzet et une truite du lac d'Alloz.

L'hôte, entendant la porte s'ouvrir et entrer un nouveau venu, dit sans lever les yeux de ses fourneaux :

– Que veut monsieur ?

– Manger et coucher, dit l'homme.

– Rien de plus facile, reprit l'hôte. En ce moment il tourna la tête, embrassa d'un coup d'œil tout l'ensemble du voyageur, et ajouta : En payant.

L'homme tira une grosse bourse de cuir de la poche de sa blouse et répondit :

– J'ai de l'argent.

– En ce cas on est à vous, dit l'hôte.

L'homme remit sa bourse en poche, se déchargea de son sac, le posa à terre près de la porte, garda son bâton à la main et alla s'asseoir sur une escabelle[5] basse près du feu. D — est dans la montagne. Les soirées d'octobre y sont froides.

Cependant, tout en allant et venant, l'hôte considérait le voyageur.

– Dîne-t-on bientôt ? dit l'homme.

---

1. ***Hôte*** : aubergiste.
2. ***Âtre*** : partie de la cheminée où l'on fait le feu.
3. ***Rouliers*** : transporteurs de marchandises diverses sur un chariot.
4. ***Ne fait pas meilleure chère*** : ne fait pas un meilleur repas.
5. ***Escabelle*** : escabeau.

– Tout à l'heure, dit l'hôte.

Pendant que le nouveau venu se chauffait le dos tourné, le digne aubergiste Jacquin Labarre tira un crayon de sa poche, puis il déchira le coin d'un vieux journal qui traînait sur une petite table près de la fenêtre. Sur la marge blanche il écrivit une ligne ou deux, plia sans cacheter et remit ce chiffon de papier à un enfant qui paraissait lui servir tout à la fois de marmiton [1] et de laquais [2]. L'aubergiste dit un mot à l'oreille du marmiton, et l'enfant partit en courant dans la direction de la mairie.

Le voyageur n'avait rien vu de tout cela.

Il demanda encore une fois :

– Dîne-t-on bientôt ?

– Tout à l'heure, dit l'hôte.

L'enfant revint. Il rapportait le papier. L'hôte le déplia avec empressement, comme quelqu'un qui attend une réponse. Il parut lire attentivement, puis hocha la tête et resta un moment pensif. Enfin il fit un pas vers le voyageur qui semblait plongé dans des réflexions peu sereines.

– Monsieur, dit-il, je ne puis vous recevoir.

L'homme se dressa à demi sur son séant [3].

– Comment ? avez-vous peur que je ne paie pas ? voulez-vous que je paie d'avance ? J'ai de l'argent, vous dis-je.

– Ce n'est pas cela.

– Quoi donc ?

– Vous avez de l'argent…

– Oui, dit l'homme.

– Et moi, dit l'hôte, je n'ai pas de chambre.

L'homme reprit tranquillement :

– Mettez-moi à l'écurie.

– Je ne puis.

---

1. ***Marmiton*** : jeune aide cuisinier.
2. ***Laquais*** : valet, serviteur.
3. ***Se dressa à demi sur son séant*** : se mit en position assise.

– Pourquoi ?

– Les chevaux prennent toute la place.

– Eh bien ! repartit l'homme, un coin dans le grenier. Une botte de paille. Nous verrons cela après dîner.

– Je ne puis vous donner à dîner.

Cette déclaration, faite d'un ton mesuré, mais ferme, parut grave à l'étranger. Il se leva.

– Ah bah ! mais je meurs de faim, moi. J'ai marché dès le soleil levé. J'ai fait douze lieues[1]. Je paie. Je veux manger.

– Je n'ai rien, dit l'hôte.

L'homme éclata de rire, et se tourna vers la cheminée et les fourneaux :

– Rien ! et tout cela ?

– Tout cela m'est retenu.

– Par qui ?

– Par ces messieurs les rouliers.

– Combien sont-ils ?

– Douze.

– Il y a là à manger pour vingt.

– Ils ont tout retenu et tout payé d'avance.

L'homme se rassit et dit sans hausser la voix :

– Je suis à l'auberge, j'ai faim et je reste.

L'hôte alors se pencha à son oreille, et lui dit d'un accent qui le fit tressaillir :

– Allez-vous-en.

Le voyageur était courbé en cet instant et poussait quelques braises dans le feu avec le bout ferré de son bâton, il se retourna vivement, et, comme il ouvrait la bouche pour répliquer, l'hôte le regarda fixement et ajouta toujours à voix basse :

– Tenez, assez de paroles comme cela. Voulez-vous que je vous dise votre nom ? Vous vous appelez Jean Valjean. Maintenant

---

1. ***Lieues*** : ancienne mesure de longueur, la lieue équivaut environ à 4 kilomètres.

voulez-vous que je vous dise qui vous êtes ? En vous voyant entrer, je me suis douté de quelque chose, j'ai envoyé à la mairie, et voici ce qu'on m'a répondu. Savez-vous lire ?

En parlant ainsi il tendait à l'étranger, tout déplié, le papier qui venait de voyager de l'auberge à la mairie et de la mairie à l'auberge. L'homme y jeta un regard. L'aubergiste reprit après un silence :

– J'ai l'habitude d'être poli avec tout le monde. Allez-vous-en.

L'homme baissa la tête, ramassa le sac qu'il avait déposé à terre, et s'en alla. [...]

Il pouvait être huit heures du soir. Comme il ne connaissait pas les rues, il recommença sa promenade à l'aventure.

Il parvint ainsi à la préfecture, puis au séminaire[1]. En passant sur la place de la Cathédrale, il montra le poing à l'église.

Il y a au coin de cette place une imprimerie. C'est là que furent imprimées pour la première fois les proclamations de l'empereur et de la garde impériale à l'armée, apportées de l'île d'Elbe et dictées par Napoléon lui-même.

Épuisé de fatigue et n'espérant plus rien, il se coucha sur le banc de pierre qui est à la porte de cette imprimerie.

Une vieille femme sortait de l'église en ce moment. Elle vit cet homme étendu dans l'ombre.

– Que faites-vous là, mon ami ? dit-elle.

Il répondit durement et avec colère :

– Vous le voyez, bonne femme, je me couche.

La bonne femme, bien digne de ce nom en effet, était madame la marquise de R.

– Sur ce banc ? reprit-elle.

– J'ai eu pendant dix-neuf ans un matelas de bois, dit l'homme, j'ai aujourd'hui un matelas de pierre.

– Vous avez été soldat ?

---

1. ***Séminaire*** : établissement d'études religieuses.

– Oui, bonne femme. Soldat.

– Pourquoi n'allez-vous pas à l'auberge ?

– Parce que je n'ai pas d'argent.

– Hélas, dit madame de R., je n'ai dans ma bourse que quatre sous.

– Donnez toujours.

L'homme prit les quatre sous. Madame de R. continua :

– Vous ne pouvez vous loger avec si peu dans une auberge. Avez-vous essayé pourtant ? Il est impossible que vous passiez ainsi la nuit. Vous avez sans doute froid et faim. On aurait pu vous loger par charité.

– J'ai frappé à toutes les portes.

– Eh bien ?

– Partout on m'a chassé.

La « bonne femme » toucha le bras de l'homme et lui montra de l'autre côté de la place une petite maison basse à côté de l'évêché.

– Vous avez, reprit-elle, frappé à toutes les portes ?

– Oui.

– Avez-vous frappé à celle-là ?

– Non.

– Frappez-y. [...]

La porte s'ouvrit.

Elle s'ouvrit vivement, toute grande, comme si quelqu'un la poussait avec énergie et résolution.

Un homme entra.

Cet homme, nous le connaissons déjà. C'est le voyageur que nous avons vu tout à l'heure errer cherchant un gîte[1].

Il entra, fit un pas et s'arrêta, laissant la porte ouverte derrière lui. Il avait son sac sur l'épaule, son bâton à la main, une

1. ***Gîte*** : lieu où se loger.

expression rude, hardie, fatiguée et violente dans les yeux. Le feu de la cheminée l'éclairait. Il était hideux. C'était une sinistre apparition.

Madame Magloire n'eut pas même la force de jeter un cri. Elle tressaillit, et resta béante [1].

Mademoiselle Baptistine se retourna, aperçut l'homme qui entrait et se dressa à demi d'effarement, puis ramenant peu à peu sa tête vers la cheminée, elle se mit à regarder son frère et son visage redevint profondément calme et serein.

L'évêque fixait sur l'homme un œil tranquille.

Comme il ouvrait la bouche, sans doute pour demander au nouveau venu ce qu'il désirait, l'homme appuya ses deux mains à la fois sur son bâton, promena ses yeux tour à tour sur le vieillard et les femmes et, sans attendre que l'évêque parlât, dit d'une voix haute :

– Voici. Je m'appelle Jean Valjean. Je suis un galérien [2]. J'ai passé dix-neuf ans au bagne [3]. Je suis libéré depuis quatre jours et en route pour Pontarlier qui est ma destination. Quatre jours que je marche depuis Toulon. Aujourd'hui j'ai fait douze lieues à pied. Ce soir en arrivant dans ce pays, j'ai été dans une auberge, on m'a renvoyé à cause de mon passeport jaune que j'avais montré à la mairie. Il avait fallu. J'ai été à une autre auberge. On m'a dit : va-t'en ! Chez l'un, chez l'autre. Personne n'a voulu de moi. J'ai été à la prison, le guichetier [4] ne m'a pas ouvert. J'ai été dans la niche d'un chien. Ce chien m'a mordu et m'a chassé, comme s'il avait été un homme. On aurait dit qu'il savait qui j'étais. Je m'en suis allé dans les champs pour coucher à la belle étoile. Il n'y avait pas d'étoile. J'ai pensé qu'il pleuvrait, et qu'il n'y avait pas de bon

1. ***Béante*** : la bouche ouverte de surprise.
2. ***Galérien*** : homme condamné aux galères, c'est-à-dire aux travaux forcés.
3. ***Bagne*** : établissement pénitentiaire où les condamnés purgent leurs peines de travaux forcés.
4. ***Guichetier*** : portier.

Dieu pour empêcher de pleuvoir, et je suis rentré dans la ville pour y trouver le renfoncement d'une porte. Là, dans la place, j'allais me coucher sur une pierre, une bonne femme m'a montré votre maison et m'a dit : frappe là. J'ai frappé. Qu'est-ce que c'est ici ? Êtes-vous une auberge ? J'ai de l'argent, en masse. Cent neuf francs quinze sous que j'ai gagnés au bagne par mon travail en dix-neuf ans. Je paierai. Qu'est-ce que cela me fait ? J'ai de l'argent. Je suis très fatigué, douze lieues à pied, j'ai bien faim. Voulez-vous que je reste ?

– Madame Magloire, dit l'évêque, vous mettrez un couvert de plus.

L'homme fit trois pas et s'approcha de la lampe qui était sur la table : – Tenez, reprit-il, comme s'il n'avait pas bien compris, ce n'est pas ça. Avez-vous entendu ? Je suis un galérien. Un forçat [1]. Je viens des galères. – Il tira de sa poche une grande feuille de papier jaune qu'il déplia. – Voilà mon passeport. Jaune, comme vous voyez. Cela sert à me faire chasser de partout où je vais. Voulez-vous lire ? Je sais lire, moi. J'ai appris au bagne. Il y a une école pour ceux qui veulent. Tenez, voilà ce qu'on a mis sur le passeport : « Jean Valjean, forçat libéré, natif de… » cela vous est égal… – « est resté dix-neuf ans au bagne. Cinq ans pour vol avec effraction. Quatorze ans pour avoir tenté de s'évader quatre fois. Cet homme est très dangereux. » Voilà. Tout le monde m'a jeté dehors. Voulez-vous me recevoir, vous ? Est-ce une auberge ? Voulez-vous me donner à manger et à coucher ? Avez-vous une écurie ? […]

L'évêque se tourna vers l'homme.

– Monsieur, asseyez-vous et chauffez-vous. Nous allons souper dans un instant, et l'on fera votre lit pendant que vous souperez.

Ici l'homme comprit tout à fait. L'expression de son visage jusqu'alors sombre et dure s'empreignit [2] de stupéfaction, de

1. ***Forçat*** : condamné aux travaux forcés.
2. ***S'empreignit*** : se teinta.

doute, de joie, et devint extraordinaire. Il se mit à balbutier comme un homme fou :

– Vrai ? quoi ? vous me gardez ? Vous ne me chassez pas ? Un forçat ! Vous m'appelez *monsieur* ! Vous ne me tutoyez pas ! Va-t'en, chien ! qu'on me dit toujours. Je croyais bien que vous me chasseriez. Aussi j'avais dit tout de suite qui je suis. Oh ! la brave femme qui m'a enseigné ici ! Je vais souper ! Un lit avec des matelas et des draps ! comme tout le monde ! un lit ! Il y a dix-neuf ans que je n'ai couché dans un lit ! Vous voulez bien que je ne m'en aille pas. Vous êtes de dignes gens. D'ailleurs j'ai de l'argent. Je paierai bien. Pardon, monsieur l'aubergiste, comment vous appelez-vous ? Je paierai tout ce qu'on voudra. Vous êtes un brave homme. Vous êtes aubergiste, n'est-ce pas ?

– Je suis, dit l'évêque, un prêtre qui demeure ici.

– Un prêtre ! reprit l'homme. Oh ! un brave homme de prêtre ! alors vous ne me demandez pas d'argent ? Le curé, n'est-ce pas ? le curé de cette grande église ? Tiens ! c'est vrai, que je suis bête ! Je n'avais pas vu votre calotte [1]. […]

L'évêque, assis près de lui, lui toucha doucement la main : – Vous pouviez ne pas me dire qui vous étiez. Ce n'est pas ici ma maison, c'est la maison de Jésus-Christ. Cette porte ne demande pas à celui qui entre s'il a un nom, mais s'il a une douleur. Vous souffrez ; vous avez faim et soif ; soyez le bienvenu. Et ne me remerciez pas, ne me dites pas que je vous reçois chez moi. Personne n'est ici chez soi, excepté celui qui a besoin d'un asile [2]. Je vous le dis à vous qui passez, vous êtes ici chez vous plus que moi-même. Tout ce qui est ici est à vous. Qu'ai-je besoin de savoir votre nom ? D'ailleurs, avant que vous me le dissiez [3], vous en avez un que je savais.

L'homme ouvrit des yeux étonnés :

---

1. ***Calotte*** : petit bonnet rond et noir que portent les religieux.

2. ***Asile*** : abri, refuge.

3. ***Dissiez*** : imparfait du subjonctif du verbe « dire ».

– Vrai ? vous saviez comment je m'appelle.

– Oui, répondit l'évêque, vous vous appelez mon frère.

– Tenez, monsieur le curé ! s'écria l'homme, j'avais bien faim en entrant ici, mais vous êtes si bon qu'à présent je ne sais plus ce que j'ai ; cela m'a passé.

L'évêque le regarda et lui dit :

– Vous avez bien souffert ?

– Oh ! la casaque [1] rouge, le boulet au pied, une planche pour dormir, le chaud, le froid, le travail, la chiourme [2], les coups de bâton, la double chaîne pour rien, le cachot pour un mot, même malade au lit, la chaîne. Les chiens, les chiens sont plus heureux ! Dix-neuf ans ! J'en ai quarante-six. À présent le passeport jaune. Voilà.

– Oui, reprit l'évêque, vous sortez d'un lieu de tristesse. Écoutez. Il y aura plus de joie au ciel pour le visage en larmes d'un pécheur repentant [3] que pour la robe blanche de cent justes. Si vous sortez de ce lieu douloureux avec des pensées de haine et de colère contre les hommes, vous êtes digne de pitié ; si vous en sortez avec des pensées de bienveillance, de douceur et de paix, vous valez mieux qu'aucun de nous.

Cependant madame Magloire avait servi le souper ; une soupe faite avec de l'eau, de l'huile, du pain et du sel, un peu de lard, un morceau de viande de mouton, des figues, un fromage frais et un gros pain de seigle. Elle avait d'elle-même ajouté à l'ordinaire de M. l'évêque une bouteille de vieux vin de Mauves.

Le visage de l'évêque prit tout à coup cette expression de gaîté propre aux natures hospitalières [4] :

---

1. ***Casaque*** : veste à larges manches. Ici : uniforme de forçats.

2. ***Chiourme*** : ensemble des forçats.

3. ***Pécheur repentant*** : dans une perspective chrétienne, homme ayant mal agi et regrettant ses actes.

4. ***Hospitalières*** : généreuses et accueillantes.

– À table, dit-il vivement, comme il en avait coutume lorsque quelque étranger soupait avec lui ; il fit asseoir l'homme à sa droite. Mademoiselle Baptistine, parfaitement paisible et naturelle, prit place à sa gauche.

L'évêque dit le bénédicité[1], puis servit lui-même la soupe selon son habitude. L'homme se mit à manger avidement.

Tout à coup l'évêque dit :

– Mais il me semble qu'il manque quelque chose sur cette table.

Madame Magloire, en effet, n'avait mis que les trois couverts absolument nécessaires. Or, c'était l'usage de la maison, quand M. l'évêque avait quelqu'un à souper, de disposer sur la nappe les six couverts d'argent, étalage innocent. Ce gracieux semblant de luxe était une sorte d'enfantillage plein de charme dans cette maison douce et sévère qui élevait la pauvreté jusqu'à la dignité.

Madame Magloire comprit l'observation, sortit sans dire un mot, et un moment après les trois couverts réclamés par l'évêque brillaient sur la nappe, symétriquement arrangés devant chacun des trois convives. [...]

Après avoir donné le bonsoir à sa sœur, monseigneur Bienvenu prit sur la table un des deux flambeaux d'argent, remit l'autre à son hôte, et lui dit :

– Monsieur, je vais vous conduire à votre chambre.

L'homme le suivit.

Comme on a pu le remarquer dans ce qui a été dit plus haut, le logis était distribué de telle sorte que pour passer dans l'oratoire[2] où était l'alcôve[3] ou pour en sortir, il fallait traverser la chambre à coucher de l'évêque.

Au moment où il traversait cette chambre, madame Magloire serrait[4] l'argenterie dans le placard qui était au chevet du lit.

---

1. ***Bénédicité*** : prière que les catholiques disent avant le repas.

2. ***Oratoire*** : petite chapelle destinée à la prière.

3. ***Alcôve*** : renfoncement dans une chambre pour un ou plusieurs lits.

4. ***Serrait*** : gardait, rangeait.

C'était le dernier soin qu'elle prenait chaque soir avant de s'aller coucher.

L'évêque installa son hôte dans l'alcôve. Un lit blanc et frais y était dressé. L'homme posa le flambeau sur une petite table.

– Allons, dit l'évêque, faites une bonne nuit. Demain matin, avant de partir, vous boirez une tasse de lait de nos vaches, tout chaud.

– Merci, monsieur l'abbé, dit l'homme.

À peine eut-il prononcé ces paroles pleines de paix que, tout à coup et sans transition, il eut un mouvement étrange et qui eût glacé d'épouvante les deux saintes filles, si elles en eussent été témoins. Aujourd'hui même il nous est difficile de nous rendre compte de ce qui le poussait en ce moment. Voulait-il donner un avertissement ou jeter une menace ? Obéissait-il simplement à une sorte d'impulsion instinctive et obscure pour lui-même ? Il se tourna brusquement vers le vieillard, croisa les bras, et fixant sur son hôte un regard sauvage, il s'écria d'une voix rauque :

– Ah çà ! décidément ! vous me logez chez vous, près de vous comme cela !

Il s'interrompit et ajouta avec un rire où il y avait quelque chose de monstrueux :

– Avez-vous bien fait toutes vos réflexions ? Qui est-ce qui vous dit que je n'ai pas assassiné ?

L'évêque répondit :

– Cela regarde le bon Dieu.

Puis, gravement et remuant les lèvres comme quelqu'un qui prie ou qui se parle à lui-même, il dressa les deux doigts de sa main droite et bénit l'homme qui ne se courba pas, et sans tourner la tête, et sans regarder derrière lui, il rentra dans sa chambre. […]

Vers le milieu de la nuit, Jean Valjean se réveilla.

Jean Valjean était d'une pauvre famille de paysans de la Brie. Dans son enfance, il n'avait pas appris à lire. Quand il eut l'âge d'homme, il était émondeur [1] à Faverolles. Sa mère s'appelait Jeanne Mathieu ; son père s'appelait Jean Valjean ou Vlajean, sobriquet [2] probablement, et contraction de *voilà Jean*.

Jean Valjean était d'un caractère pensif sans être triste, ce qui est le propre des natures affectueuses. Somme toute, pourtant, c'était quelque chose d'assez endormi et d'assez insignifiant, en apparence du moins, que Jean Valjean. Il avait perdu en très bas âge son père et sa mère. Sa mère était morte d'une fièvre de lait [3] mal soignée. Son père, émondeur comme lui, s'était tué en tombant d'un arbre. Il n'était resté à Jean Valjean qu'une sœur plus âgée que lui, veuve, avec sept enfants, filles et garçons. Cette sœur avait élevé Jean Valjean, et tant qu'elle eut son mari elle logea et nourrit son jeune frère. Le mari mourut. L'aîné des sept enfants avait huit ans, le dernier un an. Jean Valjean venait d'atteindre, lui, sa vingt-cinquième année. Il remplaça le père, et soutint à son tour sa sœur qui l'avait élevé. Cela se fit simplement, comme un devoir, même avec quelque chose de bourru de la part de Jean Valjean. Sa jeunesse se dépensait ainsi dans un travail rude et mal payé. On ne lui avait jamais connu de « bonne amie » dans le pays. Il n'avait pas eu le temps d'être amoureux.

Le soir il rentrait fatigué et mangeait sa soupe, sans dire un mot. Sa sœur, mère Jeanne, pendant qu'il mangeait, lui prenait souvent dans son écuelle le meilleur de son repas, le morceau de viande, la tranche de lard, le cœur de chou, pour le donner à quelqu'un de ses enfants ; lui, mangeant toujours, penché sur la table, presque la tête dans sa soupe, ses longs cheveux tombant

1. ***Émondeur*** : ouvrier spécialisé dans l'élagage des arbres, c'est-à-dire la coupe des branches superflues.

2. ***Sobriquet*** : surnom.

3. ***Fièvre de lait*** : maladie liée à l'allaitement des enfants.

autour de son écuelle et cachant ses yeux, avait l'air de ne rien voir et laissait faire. Il y avait à Faverolles, pas loin de la chaumière Valjean, de l'autre côté de la ruette[1], une fermière appelée Marie-Claude ; les enfants Valjean, habituellement affamés, allaient quelquefois emprunter au nom de leur mère une pinte[2] de lait à Marie-Claude, qu'ils buvaient derrière une haie ou dans quelque coin d'allée, s'arrachant le pot, et si hâtivement que les petites filles s'en répandaient sur leur tablier et dans leur goulotte[3] ; la mère, si elle eût su cette maraude[4], eût sévèrement corrigé les délinquants. Jean Valjean, brusque et bougon, payait, en arrière de la mère, la pinte de lait à Marie-Claude, et les enfants n'étaient pas punis.

Il gagnait dans la saison de l'émondage dix-huit sous par jour, puis il se louait comme moissonneur, comme manœuvre, comme garçon de ferme-bouvier[5], comme homme de peine. Il faisait ce qu'il pouvait. Sa sœur travaillait de son côté, mais que faire avec sept petits enfants ? C'était un triste groupe que la misère enveloppa et étreignit peu à peu. Il arriva qu'un hiver fut rude. Jean n'eut pas d'ouvrage. La famille n'eut pas de pain. Pas de pain. À la lettre. Sept enfants.

Un dimanche soir, Maubert Isabeau, boulanger sur la place de l'église, à Faverolles, se disposait à se coucher, lorsqu'il entendit un coup violent dans la devanture grillée et vitrée de sa boutique. Il arriva à temps pour voir un bras passé à travers un trou fait d'un coup de poing dans la grille et dans la vitre. Le bras saisit un pain et l'emporta. Isabeau sortit en hâte ; le voleur s'enfuyait à toutes jambes ; Isabeau courut après lui et l'arrêta. Le voleur avait jeté le pain, mais il avait encore le bras ensanglanté. C'était Jean Valjean.

---

1. ***Ruette*** : petite rue étroite.
2. ***Pinte*** : ancienne mesure (0,93 litre).
3. ***Goulotte*** : pli ou conduit qui permet l'écoulement d'un liquide.
4. ***Maraude*** : vol.
5. ***Bouvier*** : ouvrier qui garde et conduit les bœufs.

Ceci se passait en 1795. Jean Valjean fut traduit devant les tribunaux du temps « pour vol avec effraction la nuit dans une maison habitée ». Il avait un fusil dont il se servait mieux que tireur au monde, il était quelque peu braconnier [1] ; ce qui lui nuisit. Il y a contre les braconniers un préjugé légitime. Le braconnier, de même que le contrebandier [2], côtoie de fort près le brigand. Pourtant, disons-le en passant, il y a encore un abîme entre ces races d'hommes et le hideux assassin des villes. Le braconnier vit dans la forêt ; le contrebandier vit dans la montagne ou sur la mer. Les villes font des hommes féroces, parce qu'elles font des hommes corrompus. La montagne, la mer, la forêt, font des hommes sauvages ; elles développent le côté farouche, mais souvent sans détruire le côté humain.

Jean Valjean fut déclaré coupable. Les termes du code étaient formels. Il y a dans notre civilisation des heures redoutables ; ce sont les moments où la pénalité prononce un naufrage. Quelle minute funèbre que celle où la société s'éloigne et consomme l'irréparable abandon d'un être pensant ! Jean Valjean fut condamné à cinq ans de galères.

Le 22 avril 1796, [...] une grande chaîne fut ferrée à Bicêtre. Jean Valjean fit partie de cette chaîne. Un ancien guichetier de la prison, qui a près de quatre-vingt-dix ans aujourd'hui, se souvient encore parfaitement de ce malheureux qui fut ferré à l'extrémité du quatrième cordon dans l'angle nord de la cour. Il était assis à terre comme tous les autres. Il paraissait ne rien comprendre à sa position, sinon qu'elle était horrible. Il est probable qu'il y démêlait aussi, à travers les vagues idées d'un pauvre homme ignorant de tout, quelque chose d'excessif. Pendant qu'on rivait [3] à grands coups de marteau derrière sa tête

1. ***Braconnier*** : chasseur sans autorisation.

2. ***Contrebandier*** : personne qui introduit et commercialise des produits interdits ou sans payer la douane ou les taxes.

3. ***On rivait*** : on attachait solidement.

le boulon de son carcan [1], il pleurait, les larmes l'étouffaient, elles l'empêchaient de parler, il parvenait seulement à dire de temps en temps : *J'étais émondeur à Faverolles*. Puis, tout en sanglotant, il élevait sa main droite et l'abaissait graduellement sept fois comme s'il touchait successivement sept têtes inégales, et à ce geste on devinait que la chose quelconque qu'il avait faite, il l'avait faite pour vêtir et nourrir sept petits enfants.

Il partit pour Toulon. Il y arriva après un voyage de vingt-sept jours, sur une charrette, la chaîne au cou. À Toulon, il fut revêtu de la casaque rouge. Tout s'effaça de ce qui avait été sa vie, jusqu'à son nom ; il ne fut même plus Jean Valjean ; il fut le numéro 24601. Que devint la sœur ? que devinrent les sept enfants ? Qui est-ce qui s'occupe de cela ? Que devient la poignée de feuilles du jeune arbre scié par le pied ?

C'est toujours la même histoire. Ces pauvres êtres vivants, ces créatures de Dieu, sans appui désormais, sans guide, sans asile, s'en allèrent au hasard, qui sait même ? chacun de leur côté peut-être, et s'enfoncèrent peu à peu dans cette froide brume où s'engloutissent les destinées solitaires, mornes ténèbres où disparaissent successivement tant de têtes infortunées dans la sombre marche du genre humain. Ils quittèrent le pays. Le clocher de ce qui avait été leur village les oublia ; la borne de ce qui avait été leur champ les oublia ; après quelques années de séjour au bagne, Jean Valjean lui-même les oublia. Dans ce cœur où il y avait eu une plaie, il y eut une cicatrice. Voilà tout. À peine, pendant tout le temps qu'il passa à Toulon, entendit-il parler une seule fois de sa sœur. C'était, je crois, vers la fin de la quatrième année de sa captivité. Je ne sais plus par quelle voie ce renseignement lui parvint. Quelqu'un, qui les avait connus au pays, avait vu sa sœur. Elle était à Paris. Elle habitait une pauvre rue près Saint-Sulpice, la rue du Geindre. Elle n'avait plus avec

1. ***Carcan*** : collier de fer fixé à un poteau pour y attacher par le cou un criminel.

elle qu'un enfant, un petit garçon, le dernier. Où étaient les six autres ? Elle ne le savait peut-être pas elle-même. Tous les matins elle allait à une imprimerie rue du Sabot, n° 3, où elle était plieuse[1] et brocheuse[2]. Il fallait être là à six heures du matin, bien avant le jour, l'hiver. Dans la maison de l'imprimerie il y avait une école, elle menait à cette école son petit garçon qui avait sept ans. Seulement, comme elle entrait à l'imprimerie à six heures et que l'école n'ouvrait qu'à sept heures, il fallait que l'enfant attendît dans la cour que l'école ouvrît, une heure ; l'hiver, une heure de nuit, en plein air. On ne voulait pas que l'enfant entrât dans l'imprimerie, parce qu'il gênait, disait-on. Les ouvriers voyaient le matin en passant ce pauvre petit être assis sur le pavé, tombant de sommeil, et souvent endormi dans l'ombre, accroupi et plié sur son panier. Quand il pleuvait, une vieille femme, la portière, en avait pitié ; elle le recueillait dans son bouge[3] où il n'y avait qu'un grabat[4], un rouet[5] et deux chaises de bois, et le petit dormait là dans un coin, se serrant contre le chat pour avoir moins froid. À sept heures l'école ouvrait, et il y entrait. Voilà ce qu'on dit à Jean Valjean. On l'en entretint un jour, ce fut un moment, un éclair, comme une fenêtre brusquement ouverte sur la destinée de ces êtres qu'il avait aimés, puis tout se referma ; il n'en entendit plus parler, et ce fut pour jamais. Plus rien n'arriva d'eux à lui ; jamais il ne les revit, jamais il ne les rencontra, et dans la suite de cette douloureuse histoire, on ne les retrouvera plus.

Vers la fin de cette quatrième année, le tour d'évasion de Jean Valjean arriva. Ses camarades l'aidèrent comme cela se fait dans ce triste lieu. Il s'évada. Il erra deux jours en liberté dans les

1. ***Plieuse*** : ouvrière de l'imprimerie qui plie le papier.
2. ***Brocheuse*** : ouvrière chargée de relier entre elles les feuilles de papier.
3. ***Bouge*** : logement étroit et misérable.
4. ***Grabat*** : lit misérable.
5. ***Rouet*** : machine à filer.

champs ; si c'est être libre que d'être traqué ; de tourner la tête à chaque instant ; de tressaillir au moindre bruit ; d'avoir peur de tout, du toit qui fume, de l'homme qui passe, du chien qui aboie, du cheval qui galope, de l'heure qui sonne, du jour parce qu'on voit, de la nuit parce qu'on ne voit pas, de la route, du sentier, du buisson, du sommeil. Le soir du second jour, il fut repris. Il n'avait ni mangé ni dormi depuis trente-six heures. Le tribunal maritime le condamna pour ce délit à une prolongation de trois ans, ce qui lui fit huit ans. La sixième année, ce fut encore son tour de s'évader ; il en usa, mais il ne put consommer sa fuite. Il avait manqué à l'appel. On tira le coup de canon, et à la nuit les gens de ronde [1] le trouvèrent caché sous la quille d'un vaisseau en construction ; il résista aux gardes-chiourme qui le saisirent. Évasion et rébellion. Ce fait prévu par le code spécial fut puni d'une aggravation de cinq ans, dont deux ans de double chaîne. Treize ans. La dixième année, son tour revint, il en profita encore. Il ne réussit pas mieux. Trois ans pour cette nouvelle tentative. Seize ans. Enfin, ce fut, je crois, pendant la treizième année qu'il essaya une dernière fois et ne réussit qu'à se faire reprendre après quatre heures d'absence. Trois ans pour ces quatre heures. Dix-neuf ans. En octobre 1815 il fut libéré ; il était entré là en 1796 pour avoir cassé un carreau et pris un pain. [...]

Jean Valjean était entré au bagne sanglotant et frémissant ; il en sortit impassible. Il y était entré désespéré ; il en sortit sombre.

Que s'était-il passé dans cette âme ? [...]

Essayons de le dire.

Il faut bien que la société regarde ces choses, puisque c'est elle qui les fait.

1. ***Les gens de ronde*** : troupe militaire qui fait le tour de la ville pour vérifier que tout va bien.

C'était, nous l'avons dit, un ignorant ; mais ce n'était pas un imbécile. La lumière naturelle était allumée en lui. Le malheur, qui a aussi sa clarté, augmenta le peu de jour qu'il y avait dans cet esprit. Sous le bâton, sous la chaîne, au cachot, à la fatigue, sous l'ardent soleil du bagne, sur le lit de planches des forçats, il se replia en sa conscience et réfléchit. […]

Il se demanda si la société humaine pouvait avoir le droit de faire également subir à ses membres, dans un cas son imprévoyance déraisonnable, et dans l'autre cas sa prévoyance impitoyable ; et de saisir à jamais un pauvre homme entre un défaut et un excès, défaut de travail, excès de châtiment.

S'il n'était pas exorbitant que la société traitât ainsi précisément ses membres les plus mal dotés [1] dans la répartition de biens que fait le hasard, et par conséquent les plus dignes de ménagements.

Ces questions faites et résolues, il jugea la société et la condamna.

Il la condamna à sa haine.

Il la fit responsable du sort qu'il subissait, et se dit qu'il n'hésiterait peut-être pas à lui en demander compte un jour. Il se déclara à lui-même qu'il n'y avait pas équilibre entre le dommage [2] qu'il avait causé et le dommage qu'on lui causait ; il conclut enfin que son châtiment n'était pas, à la vérité, une injustice, mais qu'à coup sûr c'était une iniquité [3].

La colère peut être folle et absurde ; on peut être irrité à tort ; on n'est indigné que lorsqu'on a raison au fond par quelque côté. Jean Valjean se sentait indigné.

Et puis, la société humaine ne lui avait fait que du mal, jamais il n'avait vu d'elle que ce visage courroucé [4], qu'elle appelle sa Justice

1. ***Mal dotés*** : défavorisés.
2. ***Dommage*** : tort.
3. ***Iniquité*** : injustice.
4. ***Courroucé*** : en colère.

et qu'elle montre à ceux qu'elle frappe. Les hommes ne l'avaient touché que pour le meurtrir. Tout contact avec eux lui avait été un coup. Jamais, depuis son enfance, depuis sa mère, depuis sa sœur, jamais il n'avait rencontré une parole amie et un regard bienveillant. De souffrance en souffrance il arriva peu à peu à cette conviction que la vie était une guerre ; et que dans cette guerre il était le vaincu. Il n'avait d'autre arme que sa haine. Il résolut de l'aiguiser au bagne et de l'emporter en s'en allant.

Il y avait à Toulon une école pour la chiourme tenue par des frères ignorantins [1] où l'on enseignait le plus nécessaire à ceux de ces malheureux qui avaient de la bonne volonté. Il fut du nombre des hommes de bonne volonté. Il alla à l'école à quarante ans, et apprit à lire, à écrire, à compter. Il sentit que fortifier son intelligence, c'était fortifier sa haine. Dans de certains cas, l'instruction et la lumière peuvent servir de rallonge au mal.

Cela est triste à dire : après avoir jugé la société qui avait fait son malheur, il jugea la providence [2] qui avait fait la société, et il la condamna aussi.

Ainsi, pendant ces dix-neuf ans de torture et d'esclavage, cette âme monta et tomba en même temps. Il y entra de la lumière d'un côté et des ténèbres de l'autre.

Jean Valjean n'était pas, on l'a vu, d'une nature mauvaise. Il était encore bon lorsqu'il arriva au bagne. Il y condamna la société et sentit qu'il devenait méchant ; il y condamna la providence et sentit qu'il devenait impie [3]. [...]

Un détail que nous ne devons pas omettre, c'est qu'il était d'une force physique dont n'approchait pas un des habitants du bagne. À la fatigue, pour filer un câble [4], pour tirer un

---

1. ***Frères ignorantins*** : littéralement, frères ignorants. Nom pris par modestie par une communauté religieuse.
2. ***Providence*** : destin, organisation du monde par Dieu.
3. ***Impie*** : incroyant et méprisant à l'égard de la religion.
4. ***Filer un câble*** : dérouler un cordage (vocabulaire de la marine).

cabestan[1], Jean Valjean valait quatre hommes. Il soulevait et soutenait parfois d'énormes poids sur son dos, et remplaçait dans l'occasion cet instrument qu'on appelle *cric* et qu'on appelait jadis *orgueil*, d'où a pris nom, soit dit en passant, la rue Montorgueil près des halles de Paris. Ses camarades l'avaient surnommé Jean-le-Cric. Une fois, comme on réparait le balcon de l'hôtel de ville de Toulon, une des admirables cariatides[2] de Puget qui soutiennent ce balcon se descella et faillit tomber. Jean Valjean, qui se trouvait là, soutint de l'épaule la cariatide et donna le temps aux ouvriers d'arriver. [...]

Il parlait peu. Il ne riait pas. Il fallait quelque émotion extrême pour lui arracher, une ou deux fois l'an, ce lugubre rire du forçat qui est comme un écho du rire du démon. À le voir, il semblait occupé à regarder continuellement quelque chose de terrible. [...]

Le point de départ comme le point d'arrivée de toutes ses pensées était la haine de la loi humaine ; cette haine qui, si elle n'est arrêtée dans son développement par quelque incident providentiel, devient, dans un temps donné, la haine de la société, puis la haine du genre humain, puis la haine de la création, et se traduit par un vague et incessant et brutal désir de nuire, n'importe à qui, à un être vivant quelconque. – Comme on voit, ce n'était pas sans raison que le passeport qualifiait Jean Valjean d'*homme très dangereux*.

D'année en année, cette âme s'était desséchée de plus en plus, lentement, mais fatalement. À cœur sec, œil sec. À sa sortie du bagne, il y avait dix-neuf ans qu'il n'avait versé une larme. [...]

Donc, comme deux heures du matin sonnaient à l'horloge de la cathédrale, Jean Valjean se réveilla.

1. ***Cabestan*** : appareil qui permet d'enrouler ou de dérouler un câble.
2. ***Cariatides*** : statues de femmes soutenant un balcon sur leur tête.

Ce qui le réveilla, c'est que le lit était trop bon. Il y avait vingt ans bientôt qu'il n'avait couché dans un lit, et, quoiqu'il ne se fût pas déshabillé, la sensation était trop nouvelle pour ne pas troubler son sommeil.

Il avait dormi plus de quatre heures. Sa fatigue était passée. Il était accoutumé à ne pas donner beaucoup d'heures au repos.

Il ouvrit les yeux, et regarda un moment dans l'obscurité autour de lui, puis il les referma pour se rendormir.

Quand beaucoup de sensations diverses ont agité la journée, quand les choses préoccupent l'esprit, on s'endort, mais on ne se rendort pas. Le sommeil vient plus aisément qu'il ne revient. C'est ce qui arriva à Jean Valjean. Il ne put se rendormir, et il se mit à penser.

Il était dans un de ces moments où les idées qu'on a dans l'esprit sont troubles. Il avait une sorte de va-et-vient obscur dans le cerveau. Ses souvenirs anciens et ses souvenirs immédiats y flottaient pêle-mêle et s'y croisaient confusément, perdant leurs formes, se grossissant démesurément, puis disparaissant tout à coup comme dans une eau fangeuse[1] et agitée. Beaucoup de pensées lui venaient, mais il y en avait une qui se représentait continuellement et qui chassait toutes les autres. Cette pensée, nous allons la dire tout de suite : – Il avait remarqué les six couverts d'argent et la grande cuillère que madame Magloire avait posés sur la table.

Ces six couverts d'argent l'obsédaient. – Ils étaient là. – À quelques pas. – À l'instant où il avait traversé la chambre d'à côté pour venir dans celle où il était, la vieille servante les mettait dans un petit placard à la tête du lit. – Il avait bien remarqué ce placard. – À droite, en entrant par la salle à manger. – Ils étaient massifs. – Et de vieille argenterie. – Avec la grande cuillère, on en tirerait au moins deux cents francs. – Le double de ce qu'il avait

1. ***Fangeuse*** : boueuse.

gagné en dix-neuf ans. – Il est vrai qu'il eût gagné davantage si l'«*administration*» ne l'avait pas «*volé*».

Son esprit oscilla toute une grande heure dans des fluctuations auxquelles se mêlait bien quelque lutte. Trois heures sonnèrent. Il rouvrit les yeux, se dressa brusquement sur son séant, étendit le bras et tâta son havresac qu'il avait jeté dans le coin de l'alcôve, puis il laissa pendre ses jambes et poser ses pieds à terre, et se trouva, presque sans savoir comment, assis sur son lit.

Il resta un certain temps rêveur dans cette attitude qui eût eu quelque chose de sinistre pour quelqu'un qui l'eût aperçu ainsi dans cette ombre, seul éveillé dans la maison endormie. Tout à coup il se baissa, ôta ses souliers et les posa doucement sur la natte près du lit, puis il reprit sa posture de rêverie et redevint immobile. [...]

Il demeurait dans cette situation, et y fût peut-être resté indéfiniment jusqu'au lever du jour, si l'horloge n'eût sonné un coup, – le quart ou la demie. Il sembla que ce coup lui eût dit : allons !

Il se leva debout, hésita encore un moment, et écouta ; tout se taisait dans la maison ; alors il marcha droit et à petits pas vers la fenêtre qu'il entrevoyait. [...]

Ce coup d'œil jeté, il fit le mouvement d'un homme déterminé, marcha à son alcôve, prit son havresac, l'ouvrit, le fouilla, en tira quelque chose qu'il posa sur le lit, mit ses souliers dans une de ses poches, referma le tout, chargea le sac sur ses épaules, se couvrit de sa casquette dont il baissa la visière sur ses yeux, chercha son bâton en tâtonnant, et l'alla poser dans l'angle de la fenêtre, puis revint au lit et saisit résolument l'objet qu'il y avait déposé. Cela ressemblait à une barre de fer courte, aiguisée comme un épieu à l'une de ses extrémités.

Il eût été difficile de distinguer dans les ténèbres pour quel emploi avait pu être façonné ce morceau de fer. C'était peut-être un levier ? C'était peut-être une massue ?

Au jour on eût pu reconnaître que ce n'était autre chose qu'un chandelier de mineur. [...]

Il prit le chandelier dans sa main droite, et retenant son haleine, assourdissant son pas, il se dirigea vers la porte de la chambre voisine, celle de l'évêque, comme on sait. Arrivé à cette porte, il la trouva entrebâillée. L'évêque ne l'avait point fermée. [...]

[S'étant introduit dans la chambre de l'évêque pendant son sommeil, Jean Valjean y dérobe l'argenterie et s'enfuit.]

Le lendemain, au soleil levant, monseigneur Bienvenu se promenait dans son jardin. Madame Magloire accourut vers lui toute bouleversée.

– Monseigneur, monseigneur, cria-t-elle, votre grandeur sait-elle où est le panier d'argenterie ?

– Oui, dit l'évêque.

– Jésus-Dieu soit béni ! reprit-elle. Je ne savais ce qu'il était devenu.

L'évêque venait de ramasser le panier dans une plate-bande. Il le présenta à madame Magloire.

– Le voilà.

– Eh bien ? dit-elle. Rien dedans ! et l'argenterie ?

– Ah ! repartit l'évêque. C'est donc l'argenterie qui vous occupe ? Je ne sais où elle est.

– Grand bon Dieu ! elle est volée ! c'est l'homme d'hier soir qui l'a volée !

En un clin d'œil, avec toute sa vivacité de vieille alerte, madame Magloire courut à l'oratoire, entra dans l'alcôve et revint vers l'évêque. L'évêque venait de se baisser et considérait en soupirant un plant de cochléaria des Guillons [1] que le panier avait brisé, en

---

1. ***Cochléaria des Guillons*** : nom d'une plante.

tombant à travers la plate-bande. Il se redressa au cri de madame Magloire.

– Monseigneur, l'homme est parti ! l'argenterie est volée !

Tout en poussant cette exclamation, ses yeux tombaient sur un angle du jardin où l'on voyait des traces d'escalade. Le chevron du mur avait été arraché.

– Tenez ! c'est par là qu'il s'en est allé. Il a sauté dans la ruelle Cochefilet ! Ah ! l'abomination ! Il nous a volé notre argenterie !

L'évêque resta un moment silencieux, puis leva son œil sérieux, et dit à madame Magloire avec douceur :

– Et d'abord, cette argenterie était-elle à nous ?

Madame Magloire resta interdite. Il y eut encore un silence, puis l'évêque continua :

– Madame Magloire, je détenais à tort et depuis longtemps cette argenterie. Elle était aux pauvres. Qui était-ce que cet homme ? Un pauvre évidemment.

– Hélas Jésus ! repartit madame Magloire. Ce n'est pas pour moi ni pour mademoiselle. Cela nous est bien égal. Mais c'est pour monseigneur. Dans quoi monseigneur va-t-il manger maintenant ?

L'évêque la regarda d'un air étonné :

– Ah ça ! est-ce qu'il n'y a pas des couverts d'étain [1] ?

Madame Magloire haussa les épaules.

– L'étain a une odeur.

– Alors, des couverts de fer.

Madame Magloire fit une grimace expressive.

– Le fer a un goût.

– Eh bien, dit l'évêque, des couverts de bois.

Quelques instants après, il déjeunait à cette même table où Jean Valjean s'était assis la veille. Tout en déjeunant, monseigneur Bienvenu faisait gaiement remarquer à sa sœur qui ne

1. ***Étain*** : métal blanc grisâtre de moindre valeur que l'argent.

disait rien et à madame Magloire qui grommelait sourdement, qu'il n'est nullement besoin d'une cuillère ni d'une fourchette, même en bois, pour tremper un morceau de pain dans une tasse de lait.

– Aussi a-t-on idée ! disait madame Magloire toute seule en allant et venant, recevoir un homme comme cela ! et le loger à côté de soi ! et quel bonheur encore qu'il n'ait fait que voler ! Ah, mon Dieu ! cela fait frémir quand on songe !

Comme le frère et la sœur allaient se lever de table, on frappa à la porte.

– Entrez, dit l'évêque.

La porte s'ouvrit. Un groupe étrange et violent apparut sur le seuil. Trois hommes en tenaient un quatrième au collet. Les trois hommes étaient des gendarmes ; l'autre était Jean Valjean.

Un brigadier de gendarmerie, qui semblait conduire le groupe, était près de la porte. Il entra et s'avança vers l'évêque en faisant le salut militaire.

– Monseigneur, dit-il…

À ce mot, Jean Valjean qui était morne et semblait abattu, releva la tête d'un air stupéfait.

– Monseigneur ! murmura-t-il. Ce n'est donc pas le curé…

– Silence, dit un gendarme. C'est monseigneur l'évêque.

Cependant monseigneur Bienvenu s'était approché aussi vivement que son grand âge le lui permettait.

– Ah ! vous voilà ! s'écria-t-il en regardant Jean Valjean. Je suis aise de vous voir. Eh bien, mais ! je vous avais donné les chandeliers aussi, qui sont en argent comme le reste et dont vous pourrez bien avoir deux cents francs. Pourquoi ne les avez-vous pas emportés avec vos couverts ?

Jean Valjean ouvrit les yeux et regarda le vénérable évêque avec une expression qu'aucune langue humaine ne pourrait rendre.

– Monseigneur, dit le brigadier de gendarmerie, ce que cet homme disait était donc vrai ? Nous l'avons rencontré. Il allait comme quelqu'un qui s'en va. Nous l'avons arrêté pour voir. Il avait cette argenterie...

– Et il vous a dit, interrompit l'évêque en souriant, qu'elle lui avait été donnée par un vieux bonhomme de prêtre chez lequel il avait passé la nuit ? je vois la chose. Et vous l'avez ramené ici ? c'est une méprise [1].

– Comme cela, reprit le brigadier, nous pouvons le laisser aller ?

– Sans doute, répondit l'évêque.

Les gendarmes lâchèrent Jean Valjean qui recula.

– Est-ce que c'est vrai qu'on me laisse ? dit-il d'une voix presque inarticulée et comme s'il parlait dans le sommeil.

– Oui, on te laisse, tu n'entends donc pas ? dit un gendarme.

– Mon ami, reprit l'évêque, avant de vous en aller, voici vos chandeliers. Prenez-les.

Il alla à la cheminée, prit les deux flambeaux d'argent et les apporta à Jean Valjean. Les deux femmes le regardaient faire sans un mot, sans un geste, sans un regard qui pût déranger l'évêque.

Jean Valjean tremblait de tous ses membres. Il prit les deux chandeliers machinalement et d'un air égaré.

– Maintenant, dit l'évêque, allez en paix. – À propos, quand vous reviendrez, mon ami, il est inutile de passer par le jardin. Vous pourrez toujours entrer et sortir par la porte de la rue. Elle n'est fermée qu'au loquet [2] jour et nuit.

Puis se tournant vers la gendarmerie :

– Messieurs, vous pouvez vous retirer.

Les gendarmes s'éloignèrent.

Jean Valjean était comme un homme qui va s'évanouir.

L'évêque s'approcha de lui, et lui dit à voix basse :

– N'oubliez pas, n'oubliez jamais que vous m'avez promis d'employer cet argent à devenir honnête homme.

---

1. ***Méprise*** : erreur.

2. ***Loquet*** : fermeture de porte sans serrure.

Jean Valjean, qui n'avait aucun souvenir d'avoir rien promis, resta interdit. L'évêque avait appuyé sur ces paroles en les prononçant. Il reprit avec solennité :

– Jean Valjean, mon frère, vous n'appartenez plus au mal, mais au bien. C'est votre âme que je vous achète ; je la retire aux pensées noires et à l'esprit de perdition, et je la donne à Dieu.

Jean Valjean sortit de la ville comme s'il s'échappait. Il se mit à marcher en toute hâte dans les champs, prenant les chemins et les sentiers qui se présentaient, sans s'apercevoir qu'il revenait à chaque instant sur ses pas. Il erra ainsi toute la matinée, n'ayant pas mangé et n'ayant pas faim. Il était en proie à une foule de sensations nouvelles. Il se sentait une sorte de colère ; il ne savait contre qui. Il n'eût pu dire s'il était touché ou humilié. Il lui venait par moments un attendrissement étrange qu'il combattait et auquel il opposait l'endurcissement de ses vingt dernières années. Cet état le fatiguait. Il voyait avec inquiétude s'ébranler au-dedans de lui l'espèce de calme affreux que l'injustice de son malheur lui avait donné. Il se demandait qu'est-ce qui remplacerait cela. Parfois il eût vraiment mieux aimé être en prison avec les gendarmes, et que les choses ne se fussent point passées ainsi ; cela l'eût moins agité. Bien que la saison fût assez avancée, il y avait encore çà et là dans les haies quelques fleurs tardives dont l'odeur, qu'il traversait en marchant, lui rappelait des souvenirs d'enfance. Ces souvenirs lui étaient presque insupportables, tant il y avait longtemps qu'ils ne lui étaient apparus.

Des pensées inexprimables s'amoncelèrent ainsi en lui toute la journée.

Comme le soleil déclinait au couchant, allongeant sur le sol l'ombre du moindre caillou, Jean Valjean était assis derrière un buisson dans une grande plaine rousse absolument déserte. Il n'y avait à l'horizon que les Alpes. Pas même le clocher d'un village lointain. Jean Valjean pouvait être à trois lieues de D—. Un sentier qui coupait la plaine passait à quelques pas du buisson.

Au milieu de cette méditation qui n'eût pas peu contribué à rendre ses haillons effrayants pour quelqu'un qui l'eût rencontré, il entendit un bruit joyeux.

Il tourna la tête, et vit venir par le sentier un petit savoyard d'une dizaine d'années qui chantait, sa vielle [1] au flanc et sa boîte à marmotte [2] sur le dos.

Un de ces doux et gais enfants qui vont de pays en pays, laissant voir leurs genoux par les trous de leur pantalon.

Tout en chantant l'enfant interrompait de temps en temps sa marche et jouait aux osselets avec quelques pièces de monnaie qu'il avait dans sa main, toute sa fortune probablement. Parmi cette monnaie, il y avait une pièce de quarante sous.

L'enfant s'arrêta à côté du buisson sans voir Jean Valjean et fit sauter sa poignée de sous que jusque-là il avait reçue avec assez d'adresse tout entière sur le dos de sa main.

Cette fois la pièce de quarante sous lui échappa, et vint rouler vers la broussaille jusqu'à Jean Valjean.

Jean Valjean posa le pied dessus.

Cependant l'enfant avait suivi sa pièce du regard, et l'avait vu.

Il ne s'étonna point et marcha droit à l'homme.

C'était un lieu absolument solitaire. Aussi loin que le regard pouvait s'étendre, il n'y avait personne dans la plaine ni dans le sentier. On n'entendait que les petits cris faibles d'une nuée d'oiseaux de passage qui traversaient le ciel à une hauteur immense. L'enfant tournait le dos au soleil qui lui mettait des fils d'or dans les cheveux et qui empourprait [3] d'une lueur sanglante la face sauvage de Jean Valjean.

---

1. ***Vielle*** : instrument de musique.
2. ***Boîte à marmotte*** : malle formée de deux parties qui s'emboîtent.
3. ***Empourprait*** : rougissait.

– Monsieur, dit le petit savoyard, avec cette confiance de l'enfance qui se compose d'ignorance et d'innocence, – ma pièce ?

– Comment t'appelles-tu ? dit Jean Valjean.

– Petit-Gervais, monsieur.

– Va-t'en, dit Jean Valjean.

– Monsieur, reprit l'enfant, rendez-moi ma pièce.

Jean Valjean baissa la tête et ne répondit pas.

L'enfant recommença :

– Ma pièce, monsieur !

L'œil de Jean Valjean resta fixé à terre.

– Ma pièce ! cria l'enfant, ma pièce blanche ! mon argent !

Il semblait que Jean Valjean n'entendît point. L'enfant le prit au collet de sa blouse et le secoua. Et en même temps il faisait effort pour déranger le gros soulier ferré posé sur son trésor.

– Je veux ma pièce ! ma pièce de quarante sous !

L'enfant pleurait. La tête de Jean Valjean se releva. Il était toujours assis. Ses yeux étaient troubles. Il considéra l'enfant avec une sorte d'étonnement, puis il étendit la main vers son bâton et cria d'une voix terrible :

– Qui est là ?

– Moi, monsieur, répondit l'enfant. Petit-Gervais ! moi ! moi ! rendez-moi mes quarante sous, s'il vous plaît ! ôtez votre pied, monsieur, s'il vous plaît ! Puis irrité, quoique tout petit, et devenant presque menaçant : – Ah çà, ôterez-vous votre pied ? Ôtez donc votre pied, voyons !

– Ah ! c'est encore toi ! répondit Jean Valjean, et se dressant brusquement tout debout, le pied toujours sur la pièce d'argent, il ajouta : – Veux-tu bien te sauver !

L'enfant effaré le regarda, puis commença à trembler de la tête aux pieds et, après quelques secondes de stupeur, se mit à s'enfuir en courant de toutes ses forces sans oser tourner le cou ni jeter un cri.

Cependant à une certaine distance, l'essoufflement le força de s'arrêter, et Jean Valjean, à travers sa rêverie, l'entendit qui sanglotait.

Au bout de quelques instants l'enfant avait disparu.

Le soleil s'était couché.

L'ombre se faisait autour de Jean Valjean. Il n'avait pas mangé de la journée ; il est probable qu'il avait la fièvre.

Il était resté debout, et n'avait pas changé d'attitude depuis que l'enfant s'était enfui. Son souffle soulevait sa poitrine à des intervalles longs et inégaux. Son regard, arrêté à dix ou douze pas devant lui, semblait étudier avec une attention profonde la forme d'un vieux tesson [1] de faïence [2] bleue tombée dans l'herbe. Tout à coup il tressaillit ; il venait de sentir le froid du soir.

Il raffermit sa casquette sur son front, chercha machinalement à croiser et à boutonner sa blouse, fit un pas et se baissa pour reprendre à terre son bâton.

En ce moment il aperçut la pièce de quarante sous que son pied avait à demi enfoncée dans la terre et qui brillait parmi les cailloux. Ce fut comme une commotion galvanique. – Qu'est-ce que c'est que ça ? dit-il entre ses dents. Il recula de trois pas, puis s'arrêta, sans pouvoir détacher son regard de ce point que son pied avait foulé l'instant d'auparavant, comme si cette chose qui luisait là dans l'obscurité eût été un œil ouvert fixé sur lui.

Au bout de quelques minutes, il s'élança convulsivement vers la pièce d'argent, la saisit et, se redressant, se mit à regarder au loin dans la plaine, jetant à la fois ses yeux vers tous les points de l'horizon, debout et frissonnant comme une bête fauve effarée qui cherche un asile.

Il ne vit rien. La nuit tombait, la plaine était froide et vague, de grandes brumes violettes montaient dans la clarté crépusculaire.

---

1. ***Tesson*** : morceau cassé de verre ou de poterie.
2. ***Faïence*** : poterie de terre vernissée ou émaillée.

Il dit : Ah ! et se mit à marcher rapidement dans une certaine direction, du côté où l'enfant avait disparu. Après une trentaine de pas, il s'arrêta, regarda et ne vit rien.

Alors il cria de toute sa force :

– Petit-Gervais ! Petit-Gervais !

Il se tut et attendit.

Rien ne répondit.

La campagne était déserte et morne. Il était environné de l'étendue. Il n'y avait rien autour de lui qu'une ombre où se perdait son regard et un silence où sa voix se perdait. Une bise glaciale soufflait, et donnait aux choses autour de lui une sorte de vie lugubre. Des arbrisseaux secouaient leurs petits bras maigres avec une furie incroyable. On eût dit qu'ils menaçaient et poursuivaient quelqu'un.

Il recommença à marcher, puis il se mit à courir, et de temps en temps il s'arrêtait, et criait dans cette solitude, avec une voix qui était ce qu'on pouvait entendre de plus formidable et de plus désolé : Petit-Gervais ! Petit-Gervais !

Certes, si l'enfant l'eût entendu, il eût eu peur et se fût bien gardé de se montrer. Mais l'enfant était sans doute déjà bien loin.

Il rencontra un prêtre qui était à cheval. Il alla à lui et lui dit :

– Monsieur le curé, avez-vous vu passer un enfant ?

– Non, dit le prêtre.

– Un nommé Petit-Gervais ?

– Je n'ai vu personne.

Il tira deux pièces de cinq francs de sa sacoche et les remit au prêtre.

– Monsieur le curé, voici pour vos pauvres. Monsieur le curé, c'est un petit d'environ dix ans qui a une marmotte, je crois, et une vielle. Il allait. Un de ces savoyards, vous savez ?

– Je ne l'ai point vu.

– Petit-Gervais ? il n'est point des villages d'ici ? Pouvez-vous me dire ?

– Si c'est comme vous dites, mon ami, c'est un petit enfant étranger. Cela passe dans le pays. On ne les connaît pas.

Jean Valjean prit violemment deux autres écus de cinq francs qu'il donna au prêtre.

– Pour vos pauvres, dit-il.

Puis il ajouta avec égarement :

– Monsieur l'abbé, faites-moi arrêter. Je suis un voleur.

Le prêtre piqua des deux[1] et s'enfuit très effrayé.

Jean Valjean se mit à courir dans la direction qu'il avait d'abord prise.

Il fit de la sorte un assez long chemin, regardant, appelant et criant, mais il ne rencontra plus personne. Deux ou trois fois il courut dans la plaine vers quelque chose qui lui faisait l'effet d'un être couché ou accroupi ; ce n'était que des broussailles ou des roches à fleur de terre. Enfin, à un endroit où trois sentiers se croisaient, il s'arrêta. La lune s'était levée. Il promena sa vue au loin et appela une dernière fois : Petit-Gervais ! Petit-Gervais ! Petit-Gervais ! Son cri s'éteignit dans la brume, sans même éveiller un écho. Il murmura encore : Petit-Gervais ! mais d'une voix faible et presque inarticulée. Ce fut là son dernier effort ; ses jarrets fléchirent brusquement sous lui comme si une puissance invisible l'accablait tout à coup du poids de sa mauvaise conscience ; il tomba épuisé sur une grosse pierre, les poings dans ses cheveux et le visage dans ses genoux, et il cria : Je suis un misérable !

Alors son cœur creva et il se mit à pleurer. C'était la première fois qu'il pleurait depuis dix-neuf ans. […]

Jean Valjean pleura longtemps. Il pleura à chaudes larmes, il pleura à sanglots, avec plus de faiblesse qu'une femme, avec plus d'effroi qu'un enfant.

Pendant qu'il pleurait, le jour se faisait de plus en plus dans son cerveau, un jour extraordinaire, un jour ravissant et terrible à

1. ***Piqua des deux*** : partit très vite (littéralement, « piquer des deux » signifie planter les deux éperons dans le flanc d'un cheval).

la fois. Sa vie passée, sa première faute, sa longue expiation, son abrutissement extérieur, son endurcissement intérieur, sa mise en liberté réjouie par tant de plans de vengeance, ce qui lui était arrivé chez l'évêque, la dernière chose qu'il avait faite, ce vol de quarante sous à un enfant, crime d'autant plus lâche et d'autant plus monstrueux qu'il venait après le pardon de l'évêque, tout cela lui revint et lui apparut, clairement, mais dans une clarté qu'il n'avait jamais vue jusque-là. Il regarda sa vie, et elle lui parut horrible ; son âme, et elle lui parut affreuse. Cependant un jour doux était sur cette vie et sur cette âme. Il lui semblait qu'il voyait Satan à la lumière du paradis.

Combien d'heures pleura-t-il ainsi ? que fit-il après avoir pleuré ? où alla-t-il ? on ne l'a jamais su. Il paraît seulement avéré[1] que, dans cette même nuit, le voiturier qui faisait à cette époque le service de Grenoble et qui arrivait à D — vers trois heures du matin, vit en traversant la rue de l'évêché un homme dans l'attitude de la prière, à genoux sur le pavé, dans l'ombre, devant la porte de monseigneur Bienvenu.

3

En l'année 1817

1817 est l'année que Louis XVIII, avec un certain aplomb royal qui ne manquait pas de fierté, qualifiait la vingt-deuxième de son règne. [...]

En cette année 1817, quatre jeunes Parisiens firent « une bonne farce ».

1. ***Avéré*** : reconnu vrai, certain.

Ces Parisiens étaient l'un de Toulouse, l'autre de Limoges, le troisième de Cahors et le quatrième de Montauban ; mais ils étaient étudiants, et qui dit étudiant dit parisien ; étudier à Paris, c'est naître à Paris. [...]

Ces Oscars [1] s'appelaient l'un Félix Tholomyès, de Toulouse ; l'autre Listolier, de Cahors ; l'autre Fameuil, de Limoges ; le dernier Blachevelle, de Montauban. Naturellement chacun avait sa maîtresse. Blachevelle aimait Favourite, ainsi nommée parce qu'elle était allée en Angleterre ; Listolier adorait Dahlia, qui avait pris pour nom de guerre un nom de fleur ; Fameuil idolâtrait Zéphine, abrégé de Joséphine ; Tholomyès avait Fantine, dite la Blonde, à cause de ses beaux cheveux couleur de soleil.

Favourite, Dahlia, Zéphine et Fantine étaient quatre ravissantes filles parfumées et radieuses, encore un peu ouvrières, n'ayant pas tout à fait quitté leur aiguille, dérangées par les amourettes, mais ayant sur leur visage un reste de la sérénité du travail et dans l'âme cette fleur d'honnêteté qui dans la femme survit à la première chute. Il y avait une des quatre qu'on appelait la jeune, parce qu'elle était la cadette ; et une qu'on appelait la vieille ; la vieille avait vingt-trois ans. Pour ne rien céler [2], les trois premières étaient plus expérimentées, plus insouciantes et plus envolées dans le bruit de la vie que Fantine la Blonde, qui en était à sa première illusion. [...]

Fantine était un de ces êtres comme il en éclot, pour ainsi dire, au fond du peuple. Sortie des plus insondables [3] épaisseurs de l'ombre sociale, elle avait au front le signe de l'anonyme et de l'inconnu. Elle était née à M — sur M —. De quels parents ? Qui pourrait le dire ? On ne lui avait jamais connu ni père ni mère. Elle se nommait Fantine. Pourquoi Fantine ? On ne lui avait jamais connu d'autre nom. À l'époque de sa naissance, le direc-

---

1. ***Oscars*** : surnom servant à désigner des individus quelconques.
2. ***Céler*** : cacher.
3. ***Insondables*** : trop profondes pour être mesurées.

toire existait encore. Point de nom de famille, elle n'avait pas de famille ; point de nom de baptême, l'église n'était plus là. Elle s'appela comme il plut au premier passant qui la rencontra toute petite, allant pieds nus dans la rue. Elle reçut un nom comme elle recevait l'eau des nuées[1] sur son front quand il pleuvait. On l'appela la petite Fantine. Personne n'en savait davantage. Cette créature humaine était venue dans la vie comme cela. À dix ans, Fantine quitta la ville et s'alla mettre en service chez des fermiers des environs. À quinze ans, elle vint à Paris « chercher fortune ». Fantine était belle et resta pure le plus longtemps qu'elle put. C'était une jolie blonde avec de belles dents. Elle avait de l'or et des perles pour dot ; mais son or était sur sa tête et ses perles étaient dans sa bouche.

Elle travailla pour vivre ; puis, toujours pour vivre, car le cœur a sa faim aussi, elle aima.

Elle aima Tholomyès.

Amourette pour lui, passion pour elle. Les rues du quartier latin, qu'emplit le fourmillement des étudiants et des grisettes[2], virent le commencement de ce songe. Fantine, dans ces dédales[3] de la colline du Panthéon, où tant d'aventures se nouent et se dénouent, avait fui longtemps Tholomyès, mais de façon à le rencontrer toujours. Il y a une manière d'éviter qui ressemble à chercher. Bref, l'églogue[4] eut lieu. [...]

Un jour Tholomyès prit à part les trois autres, fit un geste d'oracle et leur dit :

– Il y a bientôt un an que Fantine, Dahlia, Zéphine et Favourite nous demandent de leur faire une surprise. Nous la leur avons promise solennellement. Elles nous en parlent toujours, à

---

1. ***Nuées*** : nuages.
2. ***Grisettes*** : filles de milieu social modeste (ouvrière de mode souvent) et de mœurs faciles.
3. ***Dédales*** : labyrinthes.
4. ***Églogue*** : littéralement, poème amoureux et champêtre ; ici, amourette.

moi surtout. De même qu'à Naples, les vieilles femmes crient à saint Janvier : *Faccia gialluta, fa o miracolo*, face jaunâtre, fais ton miracle ! nos belles me disent sans cesse : Tholomyès, quand accoucheras-tu de ta surprise ? En même temps nos parents nous écrivent. Scie des deux côtés. Le moment me semble venu. Causons.

Sur ce, Tholomyès baissa la voix, et articula mystérieusement quelque chose de si gai qu'un vaste et enthousiaste ricanement sortit des quatre bouches à la fois et que Blachevelle s'écria : « Ça, c'est une idée ! »

Un estaminet [1] plein de fumée se présenta, ils y entrèrent et le reste de leur conférence se perdit dans l'ombre.

Le résultat de ces ténèbres fut une éblouissante partie de plaisir qui eut lieu le dimanche suivant, les quatre jeunes gens invitant les quatre jeunes filles.

Ce qu'était une partie de campagne d'étudiants et de grisettes, il y a quarante-cinq ans, on se le représente malaisément aujourd'hui. Paris n'a plus les mêmes environs ; la figure de ce qu'on pourrait appeler la vie circum parisienne [2] a complètement changé depuis un demi-siècle ; où il y avait le coucou [3], il y a le wagon ; où il y avait la patache [4], il y a le bateau à vapeur ; on dit aujourd'hui Fécamp comme alors on disait Saint-Cloud. Le Paris de 1862 est une ville qui a la France pour banlieue.

Les quatre couples accomplirent consciencieusement toutes les folies champêtres possibles alors. On entrait dans les vacances, et c'était une chaude et claire journée d'été. […]

---

1. ***Estaminet*** : petit café populaire.
2. ***Circum parisienne*** : autour de Paris.
3. ***Coucou*** : ancienne voiture publique à deux roues.
4. ***Patache*** : petit bateau peu confortable.

[Après la journée de promenades et de réjouissances, les jeunes gens invitent leurs compagnes à dîner et s'éclipsent pour leur préparer une surprise. Les jeunes filles restent à les attendre.]

Un certain temps s'écoula ainsi. Tout à coup Favourite eut le mouvement de quelqu'un qui se réveille.

– Eh bien, fit-elle, et la surprise ?

– À propos, oui, reprit Dahlia, la fameuse surprise ?

– Ils sont bien longtemps ! dit Fantine.

Comme Fantine achevait ce soupir, le garçon qui avait servi le dîner, entra. Il tenait à la main quelque chose qui ressemblait à une lettre.

– Qu'est-ce que cela ? demanda Favourite.

Le garçon répondit :

– C'est un papier que ces messieurs ont laissé pour ces dames.

– Pourquoi ne l'avoir pas apporté tout de suite ?

– Parce que ces messieurs, reprit le garçon, ont commandé de ne le remettre à ces dames qu'au bout d'une heure.

Favourite arracha le papier des mains du garçon. C'était une lettre en effet.

– Tiens ! dit-elle. Il n'y a pas d'adresse. Mais voici ce qui est écrit dessus :

CECI EST LA SURPRISE

Elle décacheta vivement la lettre, l'ouvrit et lut (elle savait lire) :

« Ô nos amantes !

« Sachez que nous avons des parents. Des parents, vous ne connaissez pas beaucoup ça. Ça s'appelle des pères et mères dans le code civil, puéril et honnête. Or, ces parents gémissent, ces vieillards nous réclament, ces bons hommes et ces bonnes femmes nous appellent enfants prodigues [1], ils souhaitent nos retours, et nous offrent de tuer des veaux. Nous leur obéissons, étant vertueux. À l'heure où vous lirez ceci, cinq chevaux fougueux nous rapporteront à nos papas et à nos mamans. Nous fichons le camp, comme dit Bossuet. Nous partons, nous sommes partis. Nous fuyons dans les bras de Laffitte et sur les ailes de Caillard [2]. La diligence de Toulouse nous arrache à l'abîme, et l'abîme c'est vous, ô nos belles petites ! Nous rentrons dans la société, dans le devoir et dans l'ordre, au grand trot, à raison de trois lieues à l'heure. Il importe à la patrie que nous soyons, comme tout le monde, préfets, pères de famille, gardes champêtres et conseillers d'État. Vénérez-nous. Nous nous sacrifions. Pleurez-nous rapidement et remplacez-nous vite. Si cette lettre vous déchire, rendez-le-lui. Adieu.

« Pendant près de deux ans, nous vous avons rendues heureuses. Ne nous en gardez pas rancune.

« SIGNÉ : BLACHEVELLE.

« FAMEUIL.

« LISTOLIER.

« FÉLIX THOLOMYÈS.

« POST-SCRIPTUM. Le dîner est payé. »

Les quatre jeunes filles se regardèrent.

Favourite rompit la première le silence.

– Eh bien ! s'écria-t-elle, c'est tout de même une bonne farce.

– C'est très drôle, dit Zéphine.

1. ***Enfants prodigues*** : enfants accueillis avec joie dans leurs foyers après une longue absence.

2. ***Dans les bras de Laffitte et sur les ailes de Caillard*** : dans les diligences de la compagnie Laffitte et Caillard.

– Ce doit être Blachevelle qui a eu cette idée-là, reprit Favourite. Ça me rend amoureuse de lui. Sitôt parti, sitôt aimé. Voilà l'histoire.

– Non, dit Dahlia, c'est une idée de Tholomyès. Ça se reconnaît.

– En ce cas, repartit Favourite, mort à Blachevelle et vive Tholomyès !

– Vive Tholomyès ! crièrent Dahlia et Zéphine.

Et elles éclatèrent de rire.

Fantine rit comme les autres.

Une heure après, quand elle fut rentrée dans sa chambre, elle pleura. C'était, nous l'avons dit, son premier amour ; elle s'était donnée à ce Tholomyès comme à un mari, et la pauvre fille avait un enfant.

4

Confier, c'est quelquefois livrer

Il y avait, dans le premier quart de ce siècle, à Montfermeil, près Paris, une façon de gargote qui n'existe plus aujourd'hui. Cette gargote était tenue par des gens appelés Thénardier, mari et femme. Elle était située dans la ruelle du Boulanger. On voyait au-dessus de la porte une planche clouée à plat sur le mur. Sur cette planche était peint quelque chose qui ressemblait à un homme portant sur son dos un autre homme, lequel avait de grosses épaulettes de général dorées avec de larges étoiles argentées ; des taches rouges figuraient du sang ; le reste du tableau était de la fumée et représentait probablement une bataille. Au bas on lisait cette inscription : AU SERGENT DE WATERLOO.

Rien n'est plus ordinaire qu'un tombereau ou une charrette à la porte d'une auberge. Cependant le véhicule ou, pour mieux dire, le fragment de véhicule qui encombrait la rue devant la gargote du Sergent de Waterloo, un soir du printemps de 1818, eût certainement attiré par sa masse l'attention d'un peintre qui eût passé là. [...]

Le centre de la chaîne pendait sous l'essieu[1] assez près de terre, et sur la courbure, comme sur la corde d'une balançoire, étaient assises et groupées, ce soir-là, dans un entrelacement exquis, deux petites filles, l'une d'environ deux ans et demi, l'autre de dix-huit mois, la plus petite dans les bras de la plus grande. Un mouchoir savamment noué les empêchait de tomber. Une mère avait vu cette effroyable chaîne, et avait dit : Tiens ! voilà un joujou pour mes enfants.

Les deux enfants, du reste gracieusement attifées[2], et avec quelque recherche, rayonnaient ; on eût dit deux roses dans de la ferraille ; leurs yeux étaient un triomphe, leurs fraîches joues riaient ; l'une était châtaine, l'autre était brune ; leurs naïfs visages étaient deux étonnements ravis ; un buisson fleuri qui était près de là envoyait aux passants des parfums qui semblaient venir d'elles ; celle de dix-huit mois montrait son gentil ventre nu avec cette chaste indécence de la petitesse. Au-dessus et autour de ces deux têtes délicates, pétries dans le bonheur et trempées dans la lumière, le gigantesque avant-train[3], noir de rouille, presque terrible, tout enchevêtré de courbes et d'angles farouches, s'arrondissait comme un porche de caverne. À quelques pas, accroupie sur le seuil de l'auberge, la mère, femme d'un aspect peu avenant[4] du reste, mais touchante en ce moment-là, balançait les deux enfants au moyen d'une longue ficelle, les couvant des yeux de peur d'accident avec cette expression animale et céleste propre à la maternité ; à chaque va-et-vient, les hideux anneaux

1. ***Essieu*** : pièce d'une voiture à laquelle sont attachées les roues.
2. ***Attifées*** : habillées.
3. ***Avant-train*** : avant d'une voiture à cheval.
4. ***D'un aspect peu avenant*** : à l'air peu aimable.

jetaient un bruit strident qui ressemblait à un cri de colère, les petites filles s'extasiaient, le soleil couchant se mêlait à cette joie, et rien n'était charmant comme ce caprice du hasard qui avait fait d'une chaîne de titans [1] une escarpolette [2] de chérubins [3].

Tout en berçant ses deux petites, la mère chantonnait d'une voix fausse une romance alors célèbre :

Il le faut, disait un guerrier.

Sa chanson et la contemplation de ses filles l'empêchaient d'entendre et de voir ce qui se passait dans la rue.

Cependant quelqu'un s'était approché d'elle, comme elle commençait le premier couplet de la romance, et tout à coup elle entendit une voix qui disait très près de son oreille :

– Vous avez là deux jolis enfants, madame.

– À la belle et tendre Imogine,

répondit la mère, continuant sa romance, puis elle tourna la tête.

Une femme était devant elle, à quelques pas. Cette femme, elle aussi, avait un enfant, qu'elle portait dans ses bras.

Elle portait en outre un assez gros sac de nuit qui semblait fort lourd.

L'enfant de cette femme était un des plus divins êtres qu'on pût voir. C'était une fille de deux à trois ans. Elle eût pu joûter [4] avec les deux autres petites pour la coquetterie de l'ajustement ; elle avait un bavolet [5] de linge fin, des rubans à sa

---

1. ***Titans*** : géants de la mythologie.
2. ***Escarpolette*** : balançoire.
3. ***Chérubins*** : anges au visage enfantin.
4. ***Joûter*** : rivaliser.
5. ***Bavolet*** : morceau de tissu ornant l'arrière d'une coiffure.

brassière[1] et de la valenciennes[2] à son bonnet. Le pli de sa jupe relevée laissait voir sa cuisse blanche, potelée et ferme. Elle était admirablement rose et bien portante. La belle petite donnait envie de mordre dans les pommes de ses joues. On ne pouvait rien dire de ses yeux, sinon qu'ils devaient être très grands et qu'ils avaient des cils magnifiques. Elle dormait.

Elle dormait de ce sommeil d'absolue confiance propre à son âge. Les bras des mères sont faits de tendresse ; les enfants y dorment profondément.

Quant à la mère, l'aspect en était pauvre et triste. Elle avait la mise d'une ouvrière qui tend à redevenir paysanne. Elle était jeune. Était-elle belle ? peut-être ; mais avec cette mise il n'y paraissait pas. Ses cheveux, d'où s'échappait une mèche blonde, semblaient fort épais, mais disparaissaient sévèrement sous une coiffe de béguine[3], laide, serrée, étroite, et nouée au menton. Le rire montre les belles dents quand on en a ; mais elle ne riait point. Ses yeux ne semblaient pas être secs depuis très longtemps. Elle était pâle ; elle avait l'air très lasse et un peu malade ; elle regardait sa fille endormie dans ses bras avec cet air particulier d'une mère qui a nourri son enfant. Un large mouchoir bleu comme ceux où se mouchent les invalides, plié en fichu, masquait lourdement sa taille. Elle avait les mains hâlées et toutes piquées de taches de rousseur, l'index durci et déchiqueté par l'aiguille, une mante[4] brune de laine bourrue, une robe de toile et de gros souliers. C'était Fantine.

C'était Fantine. Difficile à reconnaître. Pourtant, à l'examiner attentivement, elle avait toujours sa beauté. Un pli triste, qui ressemblait à un commencement d'ironie, ridait sa joue droite. Quant à sa toilette, cette aérienne toilette de mousseline et de rubans qui

1. ***Brassière*** : petite chemise de bébé.
2. ***Valenciennes*** : dentelle de Valenciennes.
3. ***Béguine*** : religieuse de Belgique ou des Pays-Bas.
4. ***Mante*** : manteau de femme large et sans manches.

semblait faite avec de la gaieté, de la folie et de la musique, pleine de grelots et parfumée de lilas, elle s'était évanouie comme ces beaux givres éclatants qu'on prend pour des diamants au soleil ; ils fondent et laissent la branche toute noire.

Dix mois s'étaient écoulés depuis « la bonne farce ».

Que s'était-il passé pendant ces dix mois ? on le devine.

Après l'abandon, la gêne. Fantine avait tout de suite perdu de vue Favourite, Zéphine et Dahlia ; le lien, brisé du côté des hommes, s'était défait du côté des femmes ; on les eût bien étonnées, quinze jours après, si on leur eût dit qu'elles étaient amies ; cela n'avait plus de raison d'être. Fantine était restée seule. Le père de son enfant parti, – hélas ! ces ruptures-là sont irrévocables, – elle se trouva absolument isolée, avec l'habitude du travail de moins et le goût du plaisir de plus. Entraînée par sa liaison avec Tholomyès à dédaigner le petit métier qu'elle savait, elle avait négligé ses débouchés ; ils s'étaient fermés. Nulle ressource. Fantine savait à peine lire et ne savait pas écrire ; on lui avait seulement appris dans son enfance à signer son nom ; elle avait fait écrire par un écrivain public une lettre à Tholomyès, puis une seconde, puis une troisième. Tholomyès n'avait répondu à aucune. Un jour, Fantine entendit des commères[1] dire en regardant sa fille : – Est-ce qu'on prend ces enfants-là au sérieux ? on hausse les épaules de ces enfants-là ! – Alors elle songea à Tholomyès qui haussait les épaules de son enfant et qui ne prenait pas cet être innocent au sérieux ; et son cœur devint sombre à l'endroit de cet homme. Quel parti prendre pourtant ? elle ne savait plus à qui s'adresser. Elle avait commis une faute ; mais le fond de sa nature, on s'en souvient, était pudeur et vertu. Elle sentit vaguement qu'elle était à la veille de tomber dans la détresse et de glisser dans le pire. Il fallait du courage, elle en eut, et se roidit[2]. L'idée lui vint de retourner

---

1. ***Commères*** : femmes bavardes.
2. ***Se roidit*** : se raidit.

dans sa ville natale, à M — sur M —. Là quelqu'un peut-être la connaîtrait et lui donnerait du travail ; oui ; mais il faudrait cacher sa faute. Et elle entrevoyait confusément la nécessité possible d'une séparation plus douloureuse encore que la première. Son cœur se serra, mais elle prit sa résolution. Fantine, on le verra, avait la farouche bravoure de la vie. Elle avait déjà vaillamment renoncé à la parure, et s'était vêtue de toile, et avait mis toute sa soie, tous ses chiffons, tous ses rubans et toutes ses dentelles sur sa fille, seule vanité qui lui restât, et sainte celle-là. Elle vendit tout ce qu'elle avait, ce qui lui produisit deux cents francs ; ses petites dettes payées, elle n'eut plus que quatre-vingts francs environ. À vingt-deux ans, par une belle matinée de printemps, elle quittait Paris, emportant son enfant sur son dos. Quelqu'un qui les eût vues passer toutes les deux eût eu pitié. Cette femme n'avait au monde que cet enfant et cet enfant n'avait au monde que cette femme. Fantine avait nourri sa fille ; cela lui avait fatigué la poitrine et elle toussait un peu. […]

Vers le milieu du jour, après avoir, pour se reposer, cheminé de temps en temps, moyennant trois ou quatre sous par lieue, dans ce qu'on appelait alors les Petites Voitures des Environs de Paris, Fantine se trouvait à Montfermeil dans la ruelle du Boulanger.

Comme elle passait devant l'auberge Thénardier, les deux petites filles, enchantées sur leur escarpolette monstre, avaient été pour elle une sorte d'éblouissement, et elle s'était arrêtée devant cette vision de joie.

Il y a des charmes. Ces deux petites filles en furent un pour cette mère.

Elle les considérait, tout émue. La présence des anges est une annonce de paradis. Elle crut voir au-dessus de cette auberge le mystérieux ICI de la Providence. Ces deux petites étaient évidemment heureuses ! Elle les regardait, elle les admirait, tellement attendrie qu'au moment où la mère reprenait haleine entre deux vers de sa chanson, elle ne put s'empêcher de lui dire ce mot qu'on vient de lire :

– Vous avez là deux jolis enfants, madame.

Les créatures les plus féroces sont désarmées par la caresse à leurs petits.

La mère leva la tête et remercia, et fit asseoir la passante sur le banc de la porte, elle-même étant sur le seuil. Les deux femmes causèrent.

– Je m'appelle madame Thénardier, dit la mère des deux petites. Nous tenons cette auberge.

Puis, toujours à sa romance, elle reprit entre ses dents :

Il le faut, je suis chevalier,
Et je pars pour la Palestine.

Cette madame Thénardier était une femme rousse, charnue, anguleuse ; le type femme-à-soldat dans toute sa disgrâce[1]. Et, chose bizarre, avec un air penché qu'elle devait à des lectures romanesques. C'était une minaudière[2] hommasse[3]. De vieux romans qui se sont éraillés[4] sur des imaginations de gargotières[5], ont de ces effets-là. Elle était jeune encore ; elle avait à peine trente ans. Si cette femme, qui était accroupie, se fût tenue droite, peut-être sa haute taille et sa carrure de colosse ambulant, propre aux foires, eussent-elles dès l'abord effarouché la voyageuse, troublé sa confiance, et fait évanouir ce que nous avons à raconter. Une personne qui est assise au lieu d'être debout, les destinées tiennent à cela.

La voyageuse raconta son histoire, un peu modifiée.

---

1. ***Disgrâce*** : absence de grâce, laideur.
2. ***Minaudière*** : femme aux attitudes artificielles, séductrice.
3. ***Hommasse*** : masculine.
4. ***Éraillés*** : usés.
5. ***Gargotières*** : femmes tenant une gargote, petit restaurant de mauvaise qualité.

Qu'elle était ouvrière ; que son mari était mort ; que le travail lui manquait à Paris, et qu'elle allait en chercher ailleurs ; dans son pays ; qu'elle avait quitté Paris le matin même, à pied ; que, comme elle portait son enfant, se sentant fatiguée, et ayant rencontré la voiture de Villemomble, elle y était montée ; que de Villemomble elle était venue à Montfermeil à pied ; que la petite avait un peu marché, mais pas beaucoup, c'est si jeune, et qu'il avait fallu la prendre et que le bijou s'était endormi.

Et sur ce mot elle donna à sa fille un baiser passionné qui la réveilla. L'enfant ouvrit les yeux, de grands yeux bleus comme ceux de sa mère, et regarda quoi ? Rien, tout, avec cet air sérieux et quelquefois sévère des petits enfants, qui est un mystère de leur lumineuse innocence devant nos crépuscules de vertus. On dirait qu'ils se sentent anges et qu'ils nous savent hommes. Puis l'enfant se mit à rire, et, quoique la mère la retînt, glissa à terre avec l'indomptable énergie d'un petit être qui veut courir. Tout à coup elle aperçut les deux autres sur leur balançoire, s'arrêta court, et tira la langue, signe d'admiration.

La mère Thénardier détacha ses filles, les fit descendre de l'escarpolette, et dit :

– Amusez-vous toutes les trois.

Ces âges-là s'apprivoisent vite ; et au bout d'une minute, les petites Thénardier jouaient avec la nouvelle venue à faire des trous dans la terre, plaisir immense.

Cette nouvelle venue était très gaie ; la bonté de la mère est écrite dans la gaieté du marmot ; elle avait pris un brin de bois qui lui servait de pelle et elle creusait énergiquement une fosse[1] bonne pour une mouche. Ce que fait le fossoyeur[2] devient riant, fait par l'enfant.

Les deux femmes continuaient de causer.

– Comment s'appelle votre mioche ?

1. ***Fosse*** : trou dans la terre destiné à recevoir un cercueil.
2. ***Fossoyeur*** : ouvrier qui creuse les tombes dans les cimetières.

– Cosette. […]

– Quel âge a-t-elle ?

– Elle va sur trois ans.

– C'est comme mon aînée.

Cependant les trois petites filles étaient groupées dans une posture d'anxiété profonde et de béatitude ; un événement avait lieu ; un gros ver venait de sortir de terre ; et elles avaient peur ; et elles étaient en extase.

Leurs fronts radieux se touchaient ; on eût dit trois têtes dans une auréole.

– Les enfants, s'écria la mère Thénardier, comme ça se connaît tout de suite ! les voilà qu'on jurerait trois sœurs !

Ce mot fut l'étincelle qu'attendait probablement l'autre mère. Elle saisit la main de la Thénardier, la regarda fixement et lui dit :

– Voulez-vous me garder mon enfant ?

La Thénardier eut un de ces mouvements surpris qui ne sont ni le consentement ni le refus.

La mère de Cosette poursuivit :

– Voyez-vous, je ne peux pas emmener ma fille au pays. L'ouvrage ne le permet pas. Avec un enfant, on ne trouve pas à se placer. Ils sont si ridicules dans ce pays-là. C'est le bon Dieu qui m'a fait passer devant votre auberge. Quand j'ai vu vos petites si jolies et si propres et si contentes, cela m'a bouleversée. J'ai dit : voilà une bonne mère. C'est ça ; ça fera trois sœurs. Et puis, je ne serai pas longtemps à revenir. Voulez-vous me garder mon enfant ? […]

[La mère Thénardier et son mari acceptent, moyennant finance, de prendre Cosette en pension.]

La souris prise était bien chétive ; mais le chat se réjouit même d'une souris maigre.

Qu'était-ce que les Thénardier ?

Disons-en un mot dès à présent. Nous compléterons le croquis plus tard.

Ces êtres appartenaient à cette classe bâtarde composée de gens grossiers parvenus[1] et de gens intelligents déchus[2], qui est entre la classe dite moyenne et la classe dite inférieure, et qui combine quelques-uns des défauts de la seconde avec presque tous les vices de la première, sans avoir le généreux élan de l'ouvrier ni l'ordre honnête du bourgeois.

C'étaient de ces natures naines qui, si quelque feu sombre les chauffe par hasard, deviennent facilement monstrueuses. Il y avait dans la femme le fond d'une brute et dans l'homme l'étoffe d'un gueux[3]. Tous deux étaient au plus haut degré susceptibles de l'espèce de hideux progrès qui se fait dans le sens du mal. Il existe des âmes écrevisses reculant continuellement vers les ténèbres, rétrogradant dans la vie plutôt qu'elles n'y avancent, employant l'expérience à augmenter leur difformité, empirant sans cesse et s'empreignant de plus en plus d'une noirceur croissante. Cet homme et cette femme étaient de ces âmes-là.

Le Thénardier particulièrement était gênant pour le physionomiste. On n'a qu'à regarder certains hommes pour s'en défier, car on les sent ténébreux à leurs deux extrémités. Ils sont inquiets derrière eux et menaçants devant eux. Il y a en eux de l'inconnu. On ne peut pas plus répondre de ce qu'ils ont fait que de ce qu'ils feront. L'ombre qu'ils ont dans le regard les dénonce. Rien qu'en les entendant dire un mot ou qu'en les voyant faire un geste, on entrevoit de sombres secrets dans leur passé et de sombres mystères dans leur avenir. […]

---

1. ***Parvenus*** : enrichis depuis peu.
2. ***Déchus*** : ayant perdu leur situation.
3. ***Gueux*** : mendiant.

Il ne suffit pas d'être méchant pour prospérer. La gargote allait mal.

Grâce aux cinquante-sept francs de la voyageuse, Thénardier avait pu éviter un protêt et faire honneur à sa signature. Le mois suivant ils eurent encore besoin d'argent ; la femme porta à Paris et engagea au mont de piété le trousseau de Cosette pour une somme de soixante francs. Dès que cette somme fut dépensée, les Thénardier s'accoutumèrent à ne plus voir dans la petite fille qu'un enfant qu'ils avaient chez eux par charité, et la traitèrent en conséquence. Comme elle n'avait plus de trousseau, on l'habilla des vieilles jupes et des vieilles chemises des petites Thénardier, c'est-à-dire de haillons. On la nourrit des restes de tout le monde, un peu mieux que le chien et un peu plus mal que le chat. Le chien et le chat étaient du reste ses commensaux[1] habituels ; Cosette mangeait avec eux sous la table dans une écuelle de bois pareille à la leur.

La mère qui s'était fixée, comme on le verra plus tard, à M — sur M —, écrivait ou, pour mieux dire, faisait écrire tous les mois afin d'avoir des nouvelles de son enfant. Les Thénardier répondaient invariablement : Cosette est à merveille.

Les six premiers mois révolus, la mère envoya sept francs pour le septième mois, et continua assez exactement ses envois de mois en mois. L'année n'était pas finie que le Thénardier dit : – Une belle grâce qu'elle nous fait là ! Que veut-elle que nous fassions avec ses sept francs ! – et il écrivit pour exiger douze francs. La mère, à laquelle ils persuadaient que son enfant était heureuse « et venait bien », se soumit et envoya les douze francs.

Certaines natures ne peuvent aimer d'un côté sans haïr de l'autre. La mère Thénardier aimait passionnément ses deux filles à elle, ce qui fit qu'elle détesta l'étrangère. Il est triste de songer

1. ***Commensaux*** : personnes qui mangent à la même table.

que l'amour d'une mère peut avoir de vilains aspects. Si peu de place que Cosette tînt chez elle, il lui semblait que cela était pris aux siens, et que cette petite diminuait l'air que ses filles respiraient. Cette femme, comme beaucoup de femmes de sa sorte, avait une somme de caresses et une somme de coups et d'injures à dépenser chaque jour. Si elle n'avait pas eu Cosette, il est certain que ses filles, tout idolâtrées[1] qu'elles étaient, auraient tout reçu ; mais l'étrangère leur rendit le service de détourner les coups sur elle. Ses filles n'eurent que les caresses. Cosette ne faisait pas un mouvement qui ne fît pleuvoir sur sa tête une grêle de châtiments violents et immérités. Doux être faible qui ne devait rien comprendre à ce monde ni à Dieu, sans cesse punie, grondée, rudoyée[2], battue et voyant à côté d'elle deux petites créatures comme elle, qui vivaient dans un rayon d'aurore !

La Thénardier étant méchante pour Cosette, Éponine et Azelma furent méchantes. Les enfants, à cet âge, ne sont que des exemplaires de la mère. Le format est plus petit, voilà tout.

Une année s'écoula, puis une autre.

On disait dans le village :

– Ces Thénardier sont de braves gens. Ils ne sont pas riches, et ils élèvent un pauvre enfant qu'on leur a abandonné chez eux !

On croyait Cosette oubliée par sa mère.

Cependant le Thénardier ayant appris par on ne sait quelles voies obscures que l'enfant était probablement bâtard et que la mère ne pouvait l'avouer, exigea quinze francs par mois, disant que « la créature » grandissait et « *mangeait* », et menaçant de la renvoyer. « Qu'elle ne m'embête pas ! s'écriait-il, je lui bombarde son mioche tout au milieu de ses cachotteries. Il me faut de l'augmentation. » La mère paya les quinze francs.

D'année en année, l'enfant grandit, et sa misère aussi.

1. ***Idolâtrées*** : adorées comme des idoles, des divinités.
2. ***Rudoyée*** : traitée avec rudesse, violence.

Tant que Cosette fut toute petite, elle fut le souffre-douleur[1] des deux autres enfants ; dès qu'elle se mit à se développer un peu, c'est-à-dire avant même qu'elle eût cinq ans, elle devint la servante de la maison. [...]

On fit faire à Cosette les commissions, balayer les chambres, la cour, la rue, laver la vaisselle, porter même des fardeaux. Les Thénardier se crurent d'autant plus autorisés à agir ainsi que la mère qui était toujours à M — sur M — commença à mal payer. Quelques mois restèrent en souffrance[2].

Si cette mère fût revenue à Montfermeil au bout de ces trois années, elle n'eût point reconnu son enfant. Cosette, si jolie et si fraîche à son arrivée dans cette maison, était maintenant maigre et blême. Elle avait je ne sais quelle allure inquiète. Sournoise ! disaient les Thénardier.

L'injustice l'avait faite hargneuse et la misère l'avait rendue laide. Il ne lui restait plus que ses beaux yeux qui faisaient peine, parce que, grands comme ils étaient, il semblait qu'on y vît une plus grande quantité de tristesse.

C'était une chose navrante de voir l'hiver ce pauvre enfant, qui n'avait pas encore six ans, grelottant sous de vieilles loques[3] de toile trouées, balayer la rue avant le jour avec un énorme balai dans ses petites mains rouges et une larme dans ses grands yeux.

Dans le pays on l'appelait l'Alouette. Le peuple, qui aime les figures, s'était plu à nommer de ce nom ce petit être pas plus gros qu'un oiseau, tremblant, effarouché et frissonnant, éveillé le premier chaque matin dans la maison et dans le village, toujours dans la rue ou dans les champs avant l'aube.

Seulement la pauvre alouette ne chantait jamais.

---

1. ***Souffre-douleur*** : celui ou celle que les autres prennent volontiers pour victime.
2. ***En souffrance*** : sans paiement.
3. ***Loques*** : vêtements usés et abîmés.

5
La descente

Cette mère cependant qui, au dire des gens de Montfermeil, semblait avoir abandonné son enfant, que devenait-elle ? Où était-elle ? Que faisait-elle ?

Après avoir laissé sa petite Cosette aux Thénardier, elle avait continué son chemin et était arrivée à M — sur M —.

C'était, on se le rappelle, en 1818.

Fantine avait quitté sa province depuis une dizaine d'années. M — sur M — avait changé d'aspect. Tandis que Fantine descendait lentement de misère en misère, sa ville natale avait prospéré. [...]

De temps immémorial, M — sur M — avait pour industrie spéciale l'imitation des jais[1] anglais et des verroteries[2] noires d'Allemagne. Cette industrie avait toujours végété[3], à cause de la cherté des matières premières qui réagissait sur la main-d'œuvre. Au moment où Fantine revint à M — sur M —, une transformation inouïe s'était opérée dans cette production des « articles noirs ». Vers la fin de 1815, un homme, un inconnu, était venu s'établir dans la ville et avait eu l'idée de substituer, dans cette fabrication, la gomme-laque[4] à la résine et, pour les bracelets en particulier, les coulants en tôle simplement rapprochée aux coulants en tôle soudée.

Ce tout petit changement en effet avait prodigieusement réduit le prix de la matière première, ce qui avait permis, premièrement, d'élever le prix de la main-d'œuvre, bienfait pour le pays, deuxièmement d'améliorer la fabrication, avantage pour

1. ***Jais*** : variété de pierre noire et luisante.
2. ***Verroteries*** : petits objets de verre coloré et taillé.
3. ***Avait toujours végété*** : avait toujours stagné, ne s'était jamais développée.
4. ***Gomme-laque*** : substance s'écoulant de l'écorce de certains arbres.

le consommateur, troisièmement de vendre à meilleur marché tout en triplant le bénéfice, profit pour le manufacturier.

Ainsi pour une idée trois résultats.

En moins de trois ans, l'auteur de ce procédé était devenu riche, ce qui est bien, et avait tout fait riche autour de lui, ce qui est mieux. Il était étranger au département. De son origine, on ne savait rien ; de ses commencements, peu de chose.

On contait qu'il était venu dans la ville avec fort peu d'argent, quelques centaines de francs tout au plus.

C'est de ce mince capital, mis au service d'une idée ingénieuse, fécondé par l'ordre et par la pensée, qu'il avait tiré sa fortune et la fortune de tout ce pays.

À son arrivée à M — sur M —, il n'avait que les vêtements, la tournure et le langage d'un ouvrier.

Il paraît que, le jour même où il faisait obscurément son entrée dans la petite ville de M — sur M —, à la tombée d'un soir de décembre, le sac au dos et le bâton d'épine à la main, un gros incendie venait d'éclater à la maison commune. Cet homme s'était jeté dans le feu, et avait sauvé, au péril de sa vie, deux enfants qui se trouvaient être ceux du capitaine de gendarmerie ; ce qui fait qu'on n'avait pas songé à lui demander son passeport. Depuis lors, on avait su son nom. Il s'appelait *le père Madeleine*. [...]

Comme nous l'avons dit, au milieu de cette activité dont il était la cause et le pivot, le père Madeleine faisait sa fortune, mais, chose assez singulière dans un simple homme de commerce, il ne paraissait point que ce fût là son principal souci. Il semblait qu'il songeât beaucoup aux autres et peu à lui. En 1820, on lui connaissait une somme de six cent trente mille francs placée à son nom chez Laffitte ; mais avant de se réserver ces six cent trente mille francs, il avait dépensé plus d'un million pour la ville et pour les pauvres. [...]

Dans les premiers temps, quand on le vit commencer, les bonnes âmes dirent : c'est un gaillard qui veut s'enrichir. Quand on le vit enrichir le pays avant de s'enrichir lui-même, les mêmes bonnes âmes dirent : c'est un ambitieux. Cela semblait d'autant plus probable que cet homme était religieux, et même pratiquait dans une certaine mesure, chose fort bien vue à cette époque. Il allait régulièrement entendre une basse messe tous les dimanches. Le député local, qui flairait partout des concurrences, ne tarda pas à s'inquiéter de cette religion. [...]

Cependant en 1819 le bruit se répandit un matin dans la ville que, sur la présentation de M. le préfet et en considération des services rendus au pays, le père Madeleine allait être nommé par le roi, maire de M — sur M —. Ceux qui avaient déclaré ce nouveau venu « un ambitieux », saisirent avec transport[1] cette occasion que tous les hommes souhaitent, de s'écrier : Là ! qu'est-ce que nous avions dit ? Tout M — sur M — fut en rumeur. Le bruit était fondé. Quelques jours après, la nomination parut dans le *Moniteur*. Le lendemain, le père Madeleine refusa.

Dans cette même année 1819, les produits du nouveau procédé inventé par Madeleine figurèrent à l'exposition de l'industrie ; sur le rapport du jury, le roi nomma l'inventeur chevalier de la Légion d'honneur. Nouvelle rumeur dans la petite ville. Eh bien ! c'est la croix qu'il voulait ! Le père Madeleine refusa la croix.

Décidément cet homme était une énigme. Les bonnes âmes se tirèrent d'affaire en disant : Après tout, c'est une espèce d'aventurier.

On l'a vu, le pays lui devait beaucoup, les pauvres lui devaient tout ; il était si utile qu'il avait bien fallu qu'on finît par l'honorer, et il était si doux qu'il avait bien fallu qu'on finît par l'aimer ; ses ouvriers en particulier l'adoraient, et il portait cette adoration avec une sorte de gravité mélancolique. Quand il fut constaté riche, « les personnes de la société » le saluèrent, et on l'appela dans la ville : monsieur Madeleine ; – ses ouvriers et les enfants continuèrent de

1. ***Transport*** : enthousiasme.

l'appeler *le père Madeleine*, et c'était la chose qui le faisait le mieux sourire. À mesure qu'il montait, les invitations pleuvaient sur lui. « La société » le réclamait. Les petits salons guindés [1] de M — sur M — qui, bien entendu, se fussent dans les premiers temps fermés à l'artisan, s'ouvrirent à deux battants au millionnaire. On lui fit mille avances. Il refusa.

Cette fois encore les bonnes âmes ne furent point empêchées [2]. – C'est un homme ignorant et de basse éducation. On ne sait d'où cela sort. Il ne saurait pas se tenir dans le monde. Il n'est pas du tout prouvé qu'il sache lire.

Quand on l'avait vu gagner de l'argent, on avait dit : c'est un marchand. Quand on l'avait vu semer son argent, on avait dit : c'est un ambitieux. Quand on l'avait vu repousser les honneurs, on avait dit : c'est un aventurier. Quand on le vit repousser le monde, on dit : c'est une brute.

En 1820, cinq ans après son arrivée à M — sur M —, les services qu'il avait rendus au pays étaient si éclatants, le vœu de toute la contrée fut tellement unanime que le roi le nomma de nouveau maire de la ville. Il refusa encore, mais le préfet résista à son refus, tous les notables vinrent le prier, le peuple en pleine rue le suppliait, l'insistance fut si vive qu'il finit par accepter. On remarqua que ce qui parut surtout le déterminer, ce fut l'apostrophe presque irritée d'une vieille femme du peuple qui lui cria du seuil de sa porte avec humeur : *Un bon maire, c'est utile. Est-ce qu'on recule devant du bien qu'on peut faire ?*

Ce fut là la troisième phase de son ascension. Le père Madeleine était devenu monsieur Madeleine ; monsieur Madeleine devint monsieur le maire. [...]

---

1. ***Guindés*** : qui manquent de naturel, prétentieux.
2. ***Ne furent point empêchées*** : ne se privèrent pas de commentaires.

Quoiqu'il ne fût plus jeune, on contait qu'il était d'une force prodigieuse. Il offrait un coup de main à qui en avait besoin, relevait un cheval, poussait à une roue embourbée, arrêtait par les cornes un taureau échappé. Il avait toujours ses poches pleines de monnaie en sortant et vides en rentrant. Quand il passait dans un village, les marmots déguenillés [1] couraient joyeusement après lui et l'entouraient comme une nuée de moucherons.

On croyait deviner qu'il avait dû vivre jadis de la vie des champs, car il avait toutes sortes de secrets utiles qu'il enseignait aux paysans. [...]

Les enfants l'aimaient encore, parce qu'il savait faire de charmants petits ouvrages avec de la paille et des noix de coco.

Quand il voyait la porte d'une église tendue de noir, il entrait ; il recherchait un enterrement comme d'autres recherchent un baptême. Le veuvage et le malheur d'autrui l'attiraient à cause de sa grande douceur ; il se mêlait aux amis en deuil, aux familles vêtues de noir, aux prêtres gémissant autour d'un cercueil. Il semblait donner volontiers pour texte à ses pensées ces psalmodies [2] funèbres pleines de la vision d'un autre monde. L'œil au ciel, il écoutait, avec une sorte d'aspiration vers tous les mystères de l'infini, ces voix tristes qui chantent sur le bord de l'abîme obscur de la mort.

Il faisait une foule de bonnes actions, en se cachant comme on se cache pour les mauvaises. Il pénétrait à la dérobée, le soir, dans les maisons ; il montait furtivement des escaliers. Un pauvre diable, en rentrant dans son galetas [3], trouvait que sa porte avait été ouverte, quelquefois même forcée, dans son absence. Le pauvre homme se récriait : quelque malfaiteur est venu ! Il entrait, et la première chose qu'il voyait, c'était une pièce d'or

1. ***Déguenillés*** : vêtus de guenilles, linge sale et déchiré.
2. ***Psalmodies*** : prières chantées ou monotones.
3. ***Galetas*** : logement misérable.

oubliée sur un meuble. « Le malfaiteur » qui était venu, c'était le père Madeleine.

Il était affable et triste. Le peuple disait : voilà un homme riche qui n'a pas l'air fier. Voilà un homme heureux qui n'a pas l'air content.

Quelques-uns prétendaient que c'était un personnage mystérieux et affirmaient qu'on n'entrait jamais dans sa chambre, laquelle était une vraie cellule d'anachorète[1] meublée de sabliers ailés et enjolivée[2] de tibias en croix et de têtes de mort. Cela se disait beaucoup, si bien que quelques jeunes femmes élégantes et malignes de M — sur M — vinrent chez lui un jour, et lui demandèrent :

– Monsieur le maire, montrez-nous donc votre chambre. On dit que c'est une grotte.

Il sourit, et les introduisit sur-le-champ dans cette « grotte ». Elles furent bien punies de leur curiosité. C'était une chambre garnie tout bonnement de meubles d'acajou assez laids comme tous les meubles de ce genre et tapissée de papier à douze sous. Elles n'y purent rien remarquer que deux flambeaux de forme vieillie qui étaient sur la cheminée et qui avaient l'air d'être en argent, « car ils étaient contrôlés ». Observation pleine de l'esprit des petites villes.

On n'en continua pas moins de dire que personne ne pénétrait dans cette chambre et que c'était une caverne d'ermite, un rêvoir, un trou, un tombeau. [...]

[Au commencement de 1821, les journaux annoncent la mort de M. Myriel, l'évêque de D —. M. Madeleine prend le deuil et explique aux habitants de sa ville que c'est parce qu'il a servi chez lui comme domestique dans sa jeunesse.]

---

1. ***Anachorète*** : religieux qui vit retiré du monde.
2. ***Enjolivée*** : rendue plus jolie.

Peu à peu, et avec le temps, toutes les oppositions étaient tombées. Il y avait eu d'abord contre M. Madeleine, sorte de loi que subissent toujours ceux qui s'élèvent, des noirceurs et des calomnies, puis ce ne fut plus que des méchancetés, puis ce ne fut plus que des malices, puis cela s'évanouit tout à fait ; le respect devint complet, unanime, cordial, et il arriva un moment, vers 1821, où ce mot : monsieur le maire, fut prononcé à M — sur M — presque du même accent que ce mot : monseigneur l'évêque, était prononcé à D — en 1815. On venait de dix lieues à la ronde consulter M. Madeleine. Il terminait les différends [1], il empêchait les procès, il réconciliait les ennemis. Chacun le prenait pour juge de son bon droit. Il semblait qu'il eût pour âme le livre de la loi naturelle. Ce fut comme une contagion de vénération qui, en six ou sept ans et de proche en proche, gagna tout le pays.

Un seul homme, dans la ville et dans l'arrondissement, se déroba absolument à cette contagion, et, quoi que fît le père Madeleine, y demeura rebelle, comme si une sorte d'instinct, incorruptible et imperturbable, l'éveillait et l'inquiétait. [...]

Ce personnage, grave d'une gravité presque menaçante, était de ceux qui, même rapidement entrevus, préoccupent l'observateur.

Il se nommait Javert, et il était de la police.

Il remplissait à M — sur M — les fonctions pénibles, mais utiles, d'inspecteur. Il n'avait pas vu les commencements de Madeleine. Javert devait le poste qu'il occupait à la protection de M. Chabouillet, le secrétaire du ministre d'État comte Anglès, alors préfet de police à Paris. Quand Javert était arrivé à M — sur M —, la fortune du grand manufacturier était déjà faite, et le père Madeleine était devenu monsieur Madeleine. [...]

1. ***Il terminait les différends*** : il réglait les conflits, les querelles.

Les paysans asturiens [1] sont convaincus que dans toute portée de louve il y a un chien, lequel est tué par la mère, sans quoi en grandissant il dévorerait les autres petits.

Donnez une face humaine à ce chien fils d'une louve, et ce sera Javert.

Javert était né dans une prison d'une tireuse de cartes dont le mari était aux galères. En grandissant il pensa qu'il était en dehors de la société et désespéra d'y rentrer jamais. Il remarqua que la société maintient irrémissiblement [2] en dehors d'elle deux classes d'hommes, ceux qui l'attaquent et ceux qui la gardent ; il n'avait le choix qu'entre ces deux classes ; en même temps il se sentait je ne sais quel fond de rigidité, de régularité et de probité [3], compliqué d'une inexprimable haine pour cette race de bohèmes dont il était. Il entra dans la police. Il y réussit. À quarante ans il était inspecteur.

Il avait dans sa jeunesse été employé dans les chiourmes du midi.

Avant d'aller plus loin, entendons-nous sur ce mot face humaine que nous appliquions tout à l'heure à Javert.

La face humaine de Javert consistait en un nez camard [4], avec deux profondes narines vers lesquelles montaient sur ses deux joues d'énormes favoris [5]. On se sentait mal à l'aise la première fois qu'on voyait ces deux forêts et ces deux cavernes. Quand Javert riait, ce qui était rare et terrible, ses lèvres minces s'écartaient, et laissaient voir, non seulement ses dents, mais ses gencives, et il se faisait autour de son nez un plissement épaté et sauvage comme sur un mufle [6] de bête fauve. Javert sérieux était

1. ***Asturiens*** : des Asturies, province d'Espagne.
2. ***Irrémissiblement*** : sans pardon possible.
3. ***Probité*** : honnêteté.
4. ***Camard*** : plat et écrasé.
5. ***Favoris*** : barbe sur les côtés des joues.
6. ***Mufle*** : extrémité du museau.

un dogue ; lorsqu'il riait, c'était un tigre. Du reste, peu de crâne, beaucoup de mâchoire ; les cheveux cachant le front et tombant sur les sourcils, entre les deux yeux un froncement central permanent comme une étoile de colère, le regard obscur, la bouche pincée et redoutable, l'air du commandement féroce.

Cet homme était composé de deux sentiments très simples et relativement très bons, mais qu'il faisait presque mauvais à force de les exagérer ; le respect de l'autorité, la haine de la rébellion ; et à ses yeux le vol, le meurtre, tous les crimes, n'étaient que des formes de la rébellion. Il enveloppait dans une sorte de foi aveugle et profonde tout ce qui a une fonction dans l'État, depuis le premier ministre jusqu'au garde champêtre. Il couvrait de mépris, d'aversion [1] et de dégoût tout ce qui avait franchi une fois le seuil légal du mal. Il était absolu et n'admettait pas d'exceptions. D'une part il disait : – Le fonctionnaire ne peut se tromper ; le magistrat n'a jamais tort. – D'autre part il disait : – Ceux-ci sont irrémédiablement perdus. Rien de bon n'en peut sortir. [...]

À quelques paroles échappées à Javert, on devinait qu'il avait recherché secrètement, avec cette curiosité qui tient à la race et où il entre autant d'instinct que de volonté, toutes les traces antérieures que le père Madeleine avait pu laisser ailleurs. Il paraissait savoir, et il disait parfois à mots couverts, que quelqu'un avait pris certaines informations dans un certain pays sur une certaine famille disparue. Une fois il lui arriva de dire, en parlant à lui-même : – Je crois que je le tiens ! – Puis il resta trois jours pensif sans prononcer une parole. Il paraît que le fil qu'il croyait tenir s'était rompu.

Du reste, et ceci est le correctif nécessaire à ce que le sens de certains mots pourrait présenter de trop absolu, il ne peut y avoir rien de vraiment infaillible dans une créature humaine, et le propre de l'instinct est précisément de pouvoir être troublé,

---

1. ***Aversion*** : haine.

dépisté et dérouté. Sans quoi il serait supérieur à l'intelligence, et la bête se trouverait avoir une meilleure lumière que l'homme.

Javert était évidemment quelque peu déconcerté par le complet naturel et la tranquillité de M. Madeleine.

Un jour pourtant son étrange manière parut faire impression sur M. Madeleine. Voici à quelle occasion.

M. Madeleine passait un matin dans une ruelle non pavée de M — sur M — ; il entendit du bruit et vit un groupe à quelque distance. Il y alla. Un vieux homme, nommé le père Fauchelevent, venait de tomber sous sa charrette dont le cheval s'était abattu. [...]

Le cheval avait les deux cuisses cassées et ne pouvait se relever. Le vieillard était engagé entre les roues. La chute avait été tellement malheureuse que toute la voiture pesait sur sa poitrine. La charrette était assez lourdement chargée. Le père Fauchelevent poussait des râles lamentables. On avait essayé de le tirer, mais en vain. Un effort désordonné, une aide maladroite, une secousse à faux pouvaient l'achever. Il était impossible de le dégager autrement qu'en soulevant la voiture par-dessous. Javert, qui était survenu au moment de l'accident, avait envoyé chercher un cric.

M. Madeleine arriva. On s'écarta avec respect.

– À l'aide ! criait le vieux Fauchelevent. Qui est-ce qui est bon enfant pour sauver le vieux ?

M. Madeleine se tourna vers les assistants :

– A-t-on un cric ?

– On en est allé quérir[1] un, répondit un paysan.

– Dans combien de temps l'aura-t-on ?

---

1. ***Quérir*** : chercher.

– On est allé au plus près, au lieu Flachot, où il y a un maréchal[1] ; mais c'est égal, il faudra bien un bon quart d'heure.

– Un quart d'heure ! s'écria Madeleine.

Il avait plu la veille, le sol était détrempé, la charrette s'enfonçait dans la terre à chaque instant et comprimait de plus en plus la poitrine du vieux charretier. Il était évident qu'avant cinq minutes il aurait les côtes brisées.

– Il est impossible d'attendre un quart d'heure, dit Madeleine aux paysans qui regardaient.

– Il faut bien !

– Mais il ne sera plus temps ! Vous ne voyez donc pas que la charrette s'enfonce ?

– Dame !

– Écoutez, reprit Madeleine, il y a encore assez de place sous la voiture pour qu'un homme s'y glisse et la soulève avec son dos. Rien qu'une demi-minute, et l'on tirera le pauvre homme. Y a-t-il quelqu'un qui ait des reins et du cœur ? Cinq louis d'or à gagner !

Personne ne bougea dans le groupe.

– Dix louis, dit Madeleine.

Les assistants baissaient les yeux. Un d'eux murmura :

– Il faudrait être diablement fort. Et puis on risque de se faire écraser !

– Allons ! recommença Madeleine, vingt louis !

Même silence.

– Ce n'est pas la bonne volonté qui leur manque, dit une voix.

M. Madeleine se retourna, et reconnut Javert. Il ne l'avait pas aperçu en arrivant.

Javert continua.

– C'est la force. Il faudrait être un terrible homme pour faire la chose de lever une voiture comme cela sur son dos.

1. ***Maréchal*** : pour maréchal-ferrant, artisan qui ferre les chevaux.

Puis, regardant fixement M. Madeleine, il poursuivit en appuyant sur chacun des mots qu'il prononçait :

– Monsieur Madeleine, je n'ai jamais connu qu'un seul homme capable de faire ce que vous demandez là.

Madeleine tressaillit.

Javert ajouta avec un air d'indifférence, mais sans quitter des yeux Madeleine :

– C'était un forçat.

– Ah ! dit Madeleine.

– Du bagne de Toulon.

Madeleine devint pâle.

Cependant la charrette continuait à s'enfoncer lentement. Le père Fauchelevent râlait et hurlait :

– J'étouffe ! Ça me brise les côtes ! un cric ! quelque chose ! ah !

Madeleine regarda autour de lui :

– Il n'y a donc personne qui veuille gagner vingt louis et sauver la vie à ce pauvre vieux ?

Aucun des assistants ne remua. Javert reprit :

– Je n'ai jamais connu qu'un homme qui pût remplacer un cric, c'était ce forçat.

– Ah ! voilà que ça m'écrase ! cria le vieillard.

Madeleine leva la tête, rencontra l'œil de faucon de Javert toujours attaché sur lui, regarda les paysans immobiles, et sourit tristement. Puis, sans dire une parole, il tomba à genoux, et avant même que la foule eût eu le temps de jeter un cri, il était sous la voiture.

Il y eut un affreux moment d'attente et de silence.

On vit Madeleine presque à plat ventre sous ce poids effrayant essayer deux fois en vain de rapprocher ses coudes de ses genoux. On lui cria : – Père Madeleine ! retirez-vous de là ! – Le vieux Fauchelevent lui-même lui dit : – Monsieur Madeleine ! allez-vous-en ! C'est qu'il faut que je meure, voyez-vous ! Laissez-moi ! Vous allez vous faire écraser aussi ! – Madeleine ne répondit pas.

Les assistants haletaient. Les roues avaient continué de s'enfoncer, et il était déjà devenu presque impossible que Madeleine sortît de dessous la voiture.

Tout à coup on vit l'énorme masse s'ébranler, la charrette se soulevait lentement, les roues sortaient à demi de l'ornière. On entendit une voix étouffée qui criait : – Dépêchez-vous ! Aidez ! C'était Madeleine qui venait de faire un dernier effort.

Ils se précipitèrent. Le dévouement d'un seul avait donné de la force et du courage à tous. La charrette fut enlevée par vingt bras. Le vieux Fauchelevent était sauvé.

Madeleine se releva. Il était blême, quoique ruisselant de sueur. Ses habits étaient déchirés et couverts de boue. Tous pleuraient, le vieillard lui baisait les genoux et l'appelait le bon Dieu. Lui, il avait sur le visage je ne sais quelle expression de souffrance heureuse et céleste, et il fixait son œil tranquille sur Javert qui le regardait toujours.

[Fauchelevent, guéri, est placé sur les recommandations de M. Madeleine comme jardinier dans un couvent du quartier Saint-Antoine à Paris.]

[...] Telle était la situation du pays, lorsque Fantine y revint. Personne ne se souvenait plus d'elle. Heureusement la porte de la fabrique de M. Madeleine était comme un visage ami. Elle s'y présenta, et fut admise dans l'atelier des femmes. Le métier était tout nouveau pour Fantine, elle n'y pouvait être bien adroite, elle ne tirait donc de sa journée de travail que peu de chose ; mais enfin cela suffisait, le problème était résolu ; elle gagnait sa vie.

Quand Fantine vit qu'elle vivait, elle eut un moment de joie. Vivre honnêtement de son travail, quelle grâce du ciel ! Le goût du travail lui revint vraiment. Elle acheta un miroir, se réjouit d'y regarder sa jeunesse, ses beaux cheveux et ses belles dents, oublia beaucoup de choses, ne songea plus qu'à sa Cosette et à l'avenir possible, et fut presque heureuse. Elle loua une petite chambre et la meubla à crédit sur son travail futur ; reste de ses habitudes de désordre.

Ne pouvant pas dire qu'elle était mariée, elle s'était bien gardée, comme nous l'avons déjà fait entrevoir, de parler de sa petite fille.

En ces commencements, on l'a vu, elle payait exactement les Thénardier. Comme elle ne savait que signer, elle était obligée de leur écrire par un écrivain public.

Elle écrivait souvent, cela fut remarqué. On commença à dire tout bas dans l'atelier des femmes que Fantine « écrivait des lettres » et qu'« elle avait des allures ». [...]

Certaines personnes sont méchantes uniquement par besoin de parler. Leur conversation, causerie dans le salon, bavardage dans l'antichambre, est comme ces cheminées qui usent vite le bois ; il leur faut beaucoup de combustible[1] ; et le combustible, c'est le prochain[2].

On observa donc Fantine.

Avec cela, plus d'une était jalouse de ses cheveux blonds et de ses dents blanches.

On constata que dans l'atelier, au milieu des autres, elle se détournait souvent pour essuyer une larme. C'était les moments où elle songeait à son enfant ; peut-être aussi à l'homme qu'elle avait aimé.

C'est un douloureux labeur[3] que la rupture des sombres attaches du passé.

---

1. ***Combustible*** : corps utilisé pour produire du feu.

2. ***Le prochain*** : dans une perspective chrétienne, l'autre.

3. ***Labeur*** : travail.

On constata qu'elle écrivait, au moins deux fois par mois, toujours à la même adresse, et qu'elle affranchissait la lettre. On parvint à se procurer l'adresse : *Monsieur Thénardier, aubergiste, à Montfermeil.* On fit jaser[1] au cabaret l'écrivain public, vieux bonhomme qui ne pouvait pas emplir son estomac de vin rouge sans vider sa poche aux secrets. Bref, on sut que Fantine avait un enfant. « Ce devait être une espèce de fille. » Il se trouva une commère qui fit le voyage de Montfermeil, parla aux Thénardier, et dit à son retour : – Pour mes trente-cinq francs, j'en ai eu le cœur net. J'ai vu l'enfant !

La commère qui fit cela était une gorgone[2] appelée madame Victurnien, gardienne et portière de la vertu de tout le monde. Madame Victurnien avait cinquante-six ans, et doublait le masque de la laideur du masque de la vieillesse. [...] Cette madame Victurnien donc alla à Montfermeil et revint en disant : J'ai vu l'enfant.

Tout cela prit du temps ; Fantine était depuis plus d'un an à la fabrique, lorsque un matin la surveillante de l'atelier lui remit, de la part de monsieur le maire, cinquante francs en lui disant qu'elle ne faisait plus partie de l'atelier et en l'engageant, de la part de monsieur le maire, à quitter le pays.

C'était précisément dans ce même mois que les Thénardier, après avoir demandé douze francs au lieu de six, venaient d'exiger quinze francs au lieu de douze.

Fantine fut atterrée. Elle ne pouvait s'en aller du pays, elle devait son loyer et ses meubles. Cinquante francs ne suffisaient pas pour acquitter cette dette. Elle balbutia quelques mots suppliants. La surveillante lui signifia qu'elle eût à sortir sur-le-champ de l'atelier. Fantine n'était du reste qu'une ouvrière médiocre. Accablée de honte plus encore que de désespoir, elle quitta l'ate-

1. ***Jaser*** : bavarder de façon malveillante.
2. ***Gorgone*** : monstre mythologique à la chevelure de serpents.

lier et rentra dans sa chambre. Sa faute était donc maintenant connue de tous !

Elle ne se sentit plus la force de dire un mot. On lui conseilla de voir monsieur le maire ; elle n'osa pas. Le maire lui donnait cinquante francs, parce qu'il était bon, et la chassait, parce qu'il était juste. Elle plia sous cet arrêt[1].

[...] Fantine s'offrit comme servante dans le pays ; elle alla d'une maison à l'autre. Personne ne voulut d'elle. Elle n'avait pu quitter la ville. Le marchand fripier[2] auquel elle devait ses meubles, quels meubles ! lui avait dit : – Si vous vous en allez, je vous fais arrêter comme voleuse. Le propriétaire auquel elle devait son loyer, lui avait dit : – Vous êtes jeune et jolie, vous pouvez payer. Elle partagea les cinquante francs entre le propriétaire et le fripier, rendit au marchand les trois quarts de son mobilier, ne garda que le nécessaire, et se trouva sans travail, sans état, n'ayant plus que son lit, et devant encore environ cent francs.

Elle se mit à coudre de grosses chemises pour les soldats de la garnison, et gagnait douze sous par jour. Sa fille lui en coûtait dix. C'est en ce moment qu'elle commença à mal payer les Thénardier. [...]

L'excès du travail fatiguait Fantine, et la petite toux sèche qu'elle avait, augmenta. Elle disait quelquefois à sa voisine Marguerite : – Tâtez donc comme mes mains sont chaudes.

Cependant le matin, quand elle peignait avec un vieux peigne cassé ses beaux cheveux qui ruisselaient comme de la soie floche[3], elle avait une minute de coquetterie heureuse.

---

1. ***Arrêt*** : décision autoritaire.
2. ***Marchand fripier*** : qui vend des vêtements d'occasion.
3. ***Floche*** : lissée de façon lâche.

[…] Fantine gagnait trop peu. Ses dettes avaient grossi. Les Thénardier, mal payés, lui écrivaient à chaque instant des lettres dont le contenu la désolait et dont le port la ruinait. Un jour ils lui écrivirent que sa petite Cosette était toute nue par le froid qu'il faisait, qu'elle avait besoin d'une jupe de laine, et qu'il fallait au moins que la mère envoyât dix francs pour cela. Elle reçut la lettre, et la froissa dans ses mains tout le jour. Le soir elle entra chez un barbier[1] qui habitait le coin de la rue, et défit son peigne. Ses admirables cheveux blonds lui tombèrent jusqu'aux reins.

– Les beaux cheveux ! s'écria le barbier.

– Combien m'en donneriez-vous ? dit-elle.

– Dix francs.

– Coupez-les.

Elle acheta une jupe de tricot et l'envoya aux Thénardier.

Cette jupe fit les Thénardier furieux. C'était de l'argent qu'ils voulaient. Ils donnèrent la jupe à Éponine. La pauvre Alouette continua de frissonner.

Fantine pensa : – Mon enfant n'a plus froid. Je l'ai habillée de mes cheveux. – Elle mettait de petits bonnets ronds qui cachaient sa tête tondue et avec lesquels elle était encore jolie.

Un travail ténébreux se faisait dans le cœur de Fantine.

Quand elle vit qu'elle ne pouvait plus se coiffer, elle commença à tout prendre en haine autour d'elle. Elle avait longtemps partagé la vénération de tous pour le père Madeleine ; cependant, à force de se répéter que c'était lui qui l'avait chassée, et qu'il était la cause de son malheur, elle en vint à le haïr lui aussi, lui surtout. […]

Elle adorait son enfant.

Plus elle descendait, plus tout devenait sombre autour d'elle, plus ce doux petit ange rayonnait dans le fond de son âme. Elle disait : – Quand je serai riche, j'aurai ma Cosette avec moi ; et elle riait. La toux ne la quittait pas, et elle avait des sueurs dans le dos.

1. ***Barbier*** : coiffeur.

Un jour elle reçut des Thénardier une lettre ainsi conçue : « Cosette est malade d'une maladie qui est dans le pays. Une fièvre miliaire, qu'ils appellent. Il faut des drogues[1] chères. Cela nous ruine et nous ne pouvons plus payer. Si vous ne nous envoyez pas quarante francs avant huit jours, la petite est morte. »

Elle se mit à rire aux éclats, et elle dit à sa vieille voisine : – Ah ! ils sont bons ! Quarante francs ! Que ça ! Ça fait deux napoléons ! Où veulent-ils que je les prenne ? Sont-ils bêtes, ces paysans !

Cependant elle alla dans l'escalier près d'une lucarne et relut la lettre.

Puis elle descendit l'escalier et sortit en courant et en sautant, riant toujours.

Quelqu'un qui la rencontra lui dit : – Qu'est-ce que vous avez donc à être si gaie ?

Elle répondit : – C'est une bonne bêtise que viennent de m'écrire des gens de la campagne. Ils me demandent quarante francs. Paysans, va !

Comme elle passait sur la place, elle vit beaucoup de monde qui entourait une voiture de forme bizarre, sur l'impériale[2] de laquelle pérorait[3] tout debout un homme vêtu de rouge. C'était un bateleur[4] dentiste en tournée, qui offrait au public des râteliers[5] complets, des opiats[6], des poudres et des élixirs[7].

Fantine se mêla au groupe et se mit à rire comme les autres de cette harangue[8] où il y avait de l'argot pour la canaille et du jargon[9] pour les gens comme il faut. L'arracheur de dents vit

1. ***Drogues*** : médicaments.
2. ***Impériale*** : dessus d'une voiture pouvant recevoir des voyageurs.
3. ***Pérorait*** : parlait de manière prétentieuse.
4. ***Bateleur*** : artiste de foire.
5. ***Râteliers*** : dentiers.
6. ***Opiats*** : médicaments.
7. ***Élixirs*** : médicaments.
8. ***Harangue*** : discours adressé au peuple, à la foule.
9. ***Jargon*** : langage incompréhensible.

cette belle fille qui riait, et s'écria tout à coup : – Vous avez de jolies dents, la fille qui riez là. Si vous voulez me vendre vos deux palettes, je vous donne de chaque un napoléon d'or.

– Qu'est-ce que c'est que ça, mes palettes ? demanda Fantine.

– Les palettes, reprit le professeur dentiste, c'est les dents de devant, les deux d'en haut.

– Quelle horreur ! s'écria Fantine.

– Deux napoléons ! grommela une vieille édentée qui était là. Qu'en voilà une qui est heureuse !

Fantine s'enfuit et se boucha les oreilles pour ne pas entendre la voix enrouée de l'homme qui lui criait :

– Réfléchissez, la belle ! deux napoléons, ça peut servir. Si le cœur vous en dit, venez ce soir à l'auberge du *Tillac d'argent*, vous m'y trouverez.

Fantine rentra, elle était furieuse et conta la chose à sa bonne voisine Marguerite : – Comprenez-vous cela ? ne voilà-t-il pas un abominable homme ? comment laisse-t-on des gens comme cela aller dans le pays ! m'arracher mes deux dents de devant ! mais je serais horrible ! les cheveux repoussent, mais les dents ! Ah ! le monstre d'homme ! j'aimerais mieux me jeter d'un cinquième la tête la première sur le pavé ! Il m'a dit qu'il serait ce soir au *Tillac d'argent*.

– Et qu'est-ce qu'il offrait ? demanda Marguerite.

– Deux napoléons.

– Cela fait quarante francs.

– Oui, dit Fantine, cela fait quarante francs.

Elle resta pensive, et se mit à son ouvrage. Au bout d'un quart d'heure, elle quitta sa couture et alla relire la lettre des Thénardier sur l'escalier. [...]

Le soir elle descendit, et on la vit qui se dirigeait du côté de la rue de Paris où sont les auberges.

Le lendemain matin, comme Marguerite entrait dans la chambre de Fantine avant le jour, car elles travaillaient toujours ensemble et de cette façon n'allumaient qu'une chandelle pour deux, elle trouva Fantine assise sur son lit, pâle, glacée. Elle ne s'était pas couchée. Son bonnet était tombé sur ses genoux. La chandelle avait brûlé toute la nuit et était presque entièrement consumée.

Marguerite s'arrêta sur le seuil, pétrifiée de cet énorme désordre, et s'écria :

– Seigneur ! la chandelle qui est toute brûlée ! il s'est passé des événements.

Puis elle regarda Fantine qui tournait vers elle sa tête sans cheveux.

Fantine depuis la veille avait vieilli de dix ans.

– Jésus ! fit Marguerite, qu'est-ce que vous avez, Fantine ?

– Je n'ai rien, répondit Fantine. Au contraire. Mon enfant ne mourra pas de cette affreuse maladie, faute de secours. Je suis contente.

En pariant ainsi, elle montrait à la vieille fille deux napoléons qui brillaient sur la table.

– Ah, Jésus Dieu ! dit Marguerite. Mais c'est une fortune ? où avez-vous eu ces louis d'or ?

– Je les ai eus, répondit Fantine.

En même temps elle sourit. La chandelle éclairait son visage. C'était un sourire sanglant. Une salive rougeâtre lui souillait le coin des lèvres, et elle avait un trou noir dans la bouche.

Les deux dents étaient arrachées.

Elle envoya les quarante francs à Montfermeil.

Du reste c'était une ruse des Thénardier pour avoir de l'argent. Cosette n'était pas malade.

Fantine jeta son miroir par la fenêtre. Depuis longtemps elle avait quitté sa cellule du second pour une mansarde fermée d'un loquet sous le toit ; un de ces galetas dont le plafond fait angle avec le plancher et vous heurte à chaque instant la tête. Le pauvre ne peut aller au fond de sa chambre comme au fond de sa destinée qu'en se courbant de plus en plus. Elle n'avait plus de lit, il lui restait une loque qu'elle appelait sa couverture, un matelas à terre et une chaise dépaillée. Un petit rosier qu'elle avait s'était desséché dans un coin, oublié. Dans l'autre coin, il y avait un pot à beurre à mettre l'eau, qui gelait l'hiver, et où les différents niveaux de l'eau restaient longtemps marqués par des cercles de glace. Elle avait perdu la honte, elle perdit la coquetterie. Dernier signe. Elle sortait avec des bonnets sales. Soit faute de temps, soit indifférence, elle ne raccommodait plus son linge. À mesure que les talons s'usaient, elle tirait ses bas dans ses souliers. Cela se voyait à de certains plis perpendiculaires. Elle rapiéçait[1] son corset[2], vieux et usé, avec des morceaux de calicot[3] qui se déchiraient au moindre mouvement. Les gens auxquels elle devait, lui faisaient «des scènes», et ne lui laissaient aucun repos. Elle les trouvait dans la rue, elle les retrouvait dans son escalier. Elle passait des nuits à pleurer et à songer. Elle avait les yeux très brillants, et elle sentait une douleur fixe dans l'épaule vers le haut de l'omoplate gauche. Elle toussait beaucoup. Elle haïssait profondément le père Madeleine, et ne se plaignait pas. Elle cousait dix-sept heures par jour; mais un entrepreneur du travail des prisons qui faisait travailler les prisonnières au rabais[4], fit tout à coup baisser les prix, ce qui réduisit la journée des ouvrières libres à neuf sous. Dix-sept heures de travail, et neuf sous par jour! Ses créanciers[5] étaient plus impitoyables que jamais. Le fripier, qui avait repris presque tous les meubles, lui disait sans cesse : – Quand me paieras-tu, coquine ? Que voulait-on d'elle, bon Dieu ! Elle se sentait traquée et il se développait en elle quelque chose de la bête farouche. Vers le même temps, le Thénardier lui écrivit que décidément il avait attendu avec beaucoup trop de bonté, et qu'il lui fallait cent francs, tout de suite,

1. ***Rapiéçait*** : cousait des pièces pour boucher des trous.
2. ***Corset*** : large ceinture destinée à serrer le ventre et la taille des femmes.
3. ***Calicot*** : coton grossier.
4. ***Au rabais*** : au prix le plus bas.
5. ***Créanciers*** : personnes à qui l'on doit de l'argent.

sinon, qu'il mettrait à la porte la petite Cosette, toute convalescente de sa grande maladie, par le froid, par les chemins, et qu'elle deviendrait ce qu'elle pourrait, et qu'elle crèverait, si elle voulait. – Cent francs, songea Fantine. Mais où y a-t-il un état à gagner cent sous par jour ?

– Allons ! dit-elle, vendons le reste.

L'infortunée se fit fille publique[1]. [...]

[Après avoir agressé un bourgeois qui l'a insultée, Fantine est arrêtée par Javert et condamnée à six mois de prison. Alors que les soldats s'apprêtent à l'emmener, M. Madeleine intervient et exige, malgré les vives protestations de Javert, sa libération. Il promet en outre à Fantine, dont il ignorait qu'elle avait été chassée de ses ateliers, de réparer cette injustice et de la prendre en charge, elle et sa fille. Fantine, sous le coup de l'émotion, tombe inanimée.]

6

Javert

M. Madeleine fit transporter la Fantine à cette infirmerie qu'il avait dans sa propre maison. Il la confia aux sœurs qui la mirent au lit. Une fièvre ardente était survenue. Elle passa une partie de la nuit à délirer et à parler haut. Cependant elle finit par s'endormir.

Le lendemain vers midi Fantine se réveilla, elle entendit une respiration tout près de son lit, elle écarta son rideau et vit M. Madeleine debout qui regardait quelque chose au-dessus de sa tête. Ce regard était plein de pitié et d'angoisse et suppliait.

1. ***Fille publique*** : prostituée.

Elle en suivit la direction et vit qu'il s'adressait à un crucifix cloué au mur.

M. Madeleine était désormais transfiguré aux yeux de Fantine. Il lui paraissait enveloppé de lumière. Il était absorbé dans une sorte de prière. Elle le considéra longtemps sans oser l'interrompre. Enfin elle lui dit timidement :

– Que faites-vous donc là ?

M. Madeleine était à cette place depuis une heure. Il attendait que Fantine se réveillât. Il lui prit la main, lui tâta le pouls, et répondit :

– Comment êtes-vous ?

– Bien, j'ai dormi, dit-elle, je crois que je vais mieux. Ce ne sera rien.

Lui reprit, répondant à la question qu'elle lui avait adressée d'abord, comme s'il ne faisait que de l'entendre :

– Je priais le martyr [1] qui est là-haut.

Et il ajouta dans sa pensée : – Pour la martyre qui est ici-bas.

M. Madeleine avait passé la nuit et la matinée à s'informer. Il savait tout maintenant. Il connaissait dans tous ses poignants détails l'histoire de Fantine. Il continua :

– Vous avez bien souffert, pauvre mère. Oh ! ne vous plaignez pas, vous avez à présent la dot [2] des élus [3]. C'est de cette façon que les hommes font des anges. Ce n'est point leur faute ; ils ne savent pas s'y prendre autrement. Voyez-vous, cet enfer dont vous sortez est la première forme du ciel. Il fallait commencer par là.

Il soupira profondément. Elle cependant lui souriait avec ce sublime sourire auquel il manquait deux dents. [...]

M. Madeleine se hâta d'écrire aux Thénardier. Fantine leur devait cent vingt francs. Il leur envoya trois cents francs, en leur

1. ***Martyr*** : personne qui a souffert ; ici, le Christ.
2. ***Dot*** : bien qu'une femme apporte en se mariant.
3. ***Élus*** : ceux que Dieu aime et choisit.

disant de se payer sur cette somme et d'amener tout de suite l'enfant à M — sur M — où sa mère malade la réclamait.

Ceci éblouit le Thénardier. – Diable ! dit-il à sa femme, ne lâchons pas l'enfant. Voilà que cette mauviette va devenir une vache à lait[1]. Je devine. Quelque jocrisse[2] se sera amouraché de la mère.

Il riposta par un mémoire[3] de cinq cents et quelques francs fort bien fait. Dans ce mémoire figuraient pour plus de trois cents francs deux notes incontestables, l'une d'un médecin, l'autre d'un apothicaire[4], lesquels avaient soigné et médicamenté dans deux longues maladies Éponine et Azelma. Cosette, nous l'avons dit, n'avait pas été malade. Ce fut l'affaire d'une toute petite substitution de noms. Thénardier mit au bas du mémoire : *reçu à-compte trois cents francs*.

M. Madeleine envoya tout de suite trois cents autres francs et écrivit : Dépêchez-vous d'amener Cosette.

– Christi ! dit le Thénardier, ne lâchons pas l'enfant.

Cependant Fantine ne se rétablissait point. Elle était toujours à l'infirmerie. [...]

M. Madeleine l'allait voir deux fois par jour, et chaque fois elle lui demandait :

– Verrai-je bientôt ma Cosette ?

Il lui répondait :

– Peut-être demain matin. D'un moment à l'autre elle arrivera, je l'attends.

Et le visage pâle de la mère rayonnait.

– Oh ! disait-elle, comme je vais être heureuse !

Nous venons de dire qu'elle ne se rétablissait pas. Au contraire, son état semblait s'aggraver de semaine en semaine.

---

1. ***Vache à lait*** : personne que l'on utilise pour s'enrichir.
2. ***Jocrisse*** : personnage idiot.
3. ***Mémoire*** : facture.
4. ***Apothicaire*** : pharmacien.

Cette poignée de neige appliquée à nu sur la peau entre les deux omoplates avait déterminé une suppression subite de transpiration à la suite de laquelle la maladie qu'elle couvait depuis plusieurs années finit par se déclarer violemment. On commençait alors à suivre pour l'étude et le traitement des maladies de poitrine les belles indications de Laennec[1]. Le médecin ausculta la Fantine et hocha la tête.

M. Madeleine dit au médecin :

– Eh bien ?

– N'a-t-elle pas un enfant qu'elle désire voir ? dit le médecin.

– Oui.

– Eh bien, hâtez-vous de le faire venir.

M. Madeleine eut un tressaillement.

Fantine lui demanda :

– Qu'a dit le médecin ?

M. Madeleine s'efforça de sourire.

– Il a dit de faire venir bien vite votre enfant. Que cela vous rendra la santé.

– Oh ! reprit-elle, il a raison ! mais qu'est-ce qu'ils ont donc ces Thénardier à me garder ma Cosette ! Oh ! elle va venir. Voici enfin que je vois le bonheur tout près de moi !

Le Thénardier cependant ne « lâchait pas l'enfant » et donnait cent mauvaises raisons. Cosette était un peu souffrante pour se mettre en route l'hiver. Et puis il y avait un reste de petites dettes criardes dans le pays dont il rassemblait les factures, etc., etc.

– J'enverrai quelqu'un chercher Cosette ! dit le père Madeleine. S'il le faut, j'irai moi-même.

Il écrivit sous la dictée de Fantine cette lettre qu'il lui fit signer :

1. ***Laennec*** : médecin français (1781-1826), inventeur du stéthoscope.

« Monsieur Thénardier,

« Vous remettrez Cosette à la personne.

« On vous paiera toutes les petites choses.

« J'ai l'honneur de vous saluer avec considération,

« FANTINE. »

Sur ces entrefaites, il survint un grave incident. Nous avons beau tailler de notre mieux le bloc mystérieux dont notre vie est faite, la veine noire de la destinée y reparaît toujours.

Un matin, M. Madeleine était dans son cabinet [1], occupé à régler d'avance quelques affaires pressantes de la mairie, pour le cas où il se déciderait à ce voyage de Montfermeil, lorsqu'on vint lui dire que l'inspecteur de police Javert demandait à lui parler. En entendant prononcer ce nom, M. Madeleine ne put se défendre d'une impression désagréable. Depuis l'aventure du bureau de police, Javert l'avait plus que jamais évité, et M. Madeleine ne l'avait point revu.

– Faites entrer, dit-il.

Javert entra. [...]

– Eh bien ! qu'est-ce ? qu'y a-t-il, Javert ?

Javert demeura un instant silencieux comme s'il se recueillait, puis éleva la voix avec une sorte de solennité triste qui n'excluait pourtant pas la simplicité.

– Il y a, monsieur le maire, qu'un acte coupable a été commis.

– Quel acte ?

– Un agent inférieur de l'autorité a manqué de respect à un magistrat de la façon la plus grave. Je viens, comme c'est mon devoir, porter le fait à votre connaissance.

– Quel est cet agent ? demanda M. Madeleine.

– Moi, dit Javert.

– Vous ?

---

1. ***Cabinet*** : bureau.

– Moi.

– Et quel est le magistrat qui aurait à se plaindre de l'agent ?

– Vous, monsieur le maire.

M. Madeleine se dressa sur son fauteuil. Javert poursuivit, l'air sévère et les yeux toujours baissés.

– Monsieur le maire, je viens vous prier de vouloir bien provoquer près de l'autorité ma destitution [1].

M. Madeleine stupéfait ouvrit la bouche. Javert l'interrompit.

– Vous direz, j'aurais pu donner ma démission, mais cela ne suffit pas. Donner sa démission, c'est honorable. J'ai failli, je dois être puni. Il faut que je sois chassé.

Et après une pause, il ajouta :

– Monsieur le maire, vous avez été sévère pour moi l'autre jour injustement. Soyez-le aujourd'hui justement.

– Ah çà ! pourquoi ? s'écria M. Madeleine. Quel est ce galimatias [2] ? Qu'est-ce que cela veut dire ? Où y a-t-il un acte coupable commis contre moi par vous ? Qu'est-ce que vous m'avez fait ? Quels torts avez-vous envers moi ? Vous vous accusez, vous voulez être remplacé…

– Chassé, dit Javert.

– Chassé, soit. C'est fort bien. Je ne comprends pas.

– Vous allez comprendre, monsieur le maire.

Javert soupira du fond de sa poitrine et reprit toujours froidement et tristement :

– Monsieur le maire, il y a six semaines, à la suite de cette scène pour cette fille, j'étais furieux, je vous ai dénoncé.

– Dénoncé !

– À la préfecture de police de Paris.

M. Madeleine, qui ne riait pas beaucoup plus souvent que Javert, se mit à rire :

– Comme maire ayant empiété sur la police ?

1. ***Destitution*** : renvoi d'un fonctionnaire.
2. ***Galimatias*** : langage incompréhensible.

– Comme ancien forçat.

Le maire devint livide.

Javert, qui n'avait pas levé les yeux, continua :

– Je le croyais. Depuis longtemps j'avais des idées. Une ressemblance, des renseignements que vous avez fait prendre à Faverolles, votre force des reins, l'aventure du vieux Fauchelevent, votre adresse au tir, votre jambe qui traîne un peu, est-ce que je sais, moi ? des bêtises ! mais enfin je vous prenais pour un nommé Jean Valjean.

– Un nommé ?... Comment dites-vous ce nom-là ?

– Jean Valjean. C'est un forçat que j'avais vu il y a vingt ans quand j'étais adjudant-garde-chiourme à Toulon. En sortant du bagne, ce Jean Valjean avait, à ce qu'il paraît, volé chez un évêque, puis il avait commis un autre vol à main armée dans un chemin public sur un petit savoyard. Depuis huit ans il s'était dérobé, on ne sait comment, et on le cherchait. Moi je m'étais figuré... – Enfin j'ai fait cette chose ! La colère m'a décidé, je vous ai dénoncé à la préfecture.

M. Madeleine, qui avait ressaisi le dossier depuis quelques instants, reprit avec un accent de parfaite indifférence :

– Et que vous a-t-on répondu ?

– Que j'étais fou.

– Eh bien ?

– Eh bien, on avait raison.

– C'est heureux que vous le reconnaissiez !

– Il faut bien, puisque le véritable Jean Valjean est trouvé.

La feuille que tenait M. Madeleine lui échappa des mains, il leva la tête, regarda fixement Javert et dit avec un accent inexprimable :

– Ah !

Javert poursuivit :

– Voilà ce que c'est, monsieur le maire. Il paraît qu'il y avait dans le pays, du côté d'Ailly-le-Haut-Clocher, une espèce de bonhomme qu'on appelait le père Champmathieu. C'était très misérable. On n'y faisait pas attention. Ces gens-là, on ne sait pas de quoi cela vit. Dernièrement, cet automne, le père Champmathieu a été arrêté pour vol de pommes à cidre, commis chez… – Enfin n'importe ! il y a eu vol, mur escaladé, branches de l'arbre cassées. On a arrêté mon Champmathieu. Il avait encore la branche de pommier à la main. On coffre le drôle. Jusqu'ici ce n'est pas beaucoup plus qu'une affaire correctionnelle. Mais voici qui est de la providence. La geôle étant en mauvais état, monsieur le juge d'instruction trouve à propos de faire transférer Champmathieu à Arras où est la prison départementale. Dans cette prison d'Arras, il y a un ancien forçat nommé Brevet qui est détenu pour je ne sais quoi et qu'on a fait guichetier de chambrée [1] parce qu'il se conduit bien. Monsieur le maire, Champmathieu n'est pas plus tôt débarqué que voilà Brevet qui s'écrie : Eh, mais ! je connais cet homme-là. C'est un fagot [2]. Regardez-moi donc, bonhomme ! Vous êtes Jean Valjean ! – Jean Valjean ! qui ça Jean Valjean ? Le Champmathieu joue l'étonné. – Ne fais donc pas le singe, dit Brevet. Tu es Jean Valjean ! Tu as été au bagne de Toulon. Il y a vingt ans. Nous y étions ensemble. – Le Champmathieu nie. Parbleu ! Vous comprenez. On approfondit. On me fouille cette aventure-là. Voici ce qu'on trouve : ce Champmathieu, il y a une trentaine d'années, a été ouvrier émondeur d'arbres dans plusieurs pays, notamment à Faverolles. Là on perd sa trace. Longtemps après on le revoit en Auvergne, puis à Paris où il dit avoir été charron [3] et avoir eu une fille blanchisseuse, mais cela n'est pas prouvé, enfin dans ce pays-ci. Or avant d'aller au bagne pour vol qualifié, qu'était Jean Valjean ? émondeur. Où ? À Faverolles. Autre fait. Ce Valjean s'appelait de son nom de

1. ***Guichetier de chambrée*** : personne chargée de la surveillance d'une chambre.
2. ***Fagot*** : ancien forçat.
3. ***Charron*** : qui fabrique des chariots.

baptême Jean et sa mère se nommait de son nom de famille Mathieu. Quoi de plus naturel que de penser qu'en sortant du bagne il aura pris le nom de sa mère pour se cacher et se sera fait appeler Jean Mathieu ? Il va en Auvergne. De *Jean* la prononciation du pays fait *chan*, on l'appelle Chan Mathieu. Notre homme se laisse faire et le voilà transformé en Champmathieu. Vous me suivez, n'est-ce pas ? On s'informe à Faverolles. La famille de Jean Valjean n'y est plus. On ne sait plus où elle est. Vous savez, dans ces classes-là, il y a souvent de ces évanouissements d'une famille. On cherche, on ne trouve plus rien. Ces gens-là, quand ce n'est pas de la boue, c'est de la poussière. Et puis, comme le commencement de ces histoires date de trente ans, il n'y a plus personne à Faverolles qui ait connu Jean Valjean. On s'informe à Toulon. Avec Brevet, il n'y a plus que deux forçats, qui aient vu Jean Valjean. Ce sont les condamnés à vie Cochepaille et Chenildieu. On les extrait du bagne et on les fait venir. On les confronte au prétendu Champmathieu. Ils n'hésitent pas. Pour eux comme pour Brevet, c'est Jean Valjean. Même âge, il a cinquante-quatre ans, même taille, même air, même homme enfin, c'est lui. C'est en ce moment-là même que j'envoyais ma dénonciation à la préfecture de Paris. On me répond que je perds l'esprit et que Jean Valjean est à Arras au pouvoir de la justice. Vous concevez si cela m'étonne, moi qui croyais tenir ici ce même Jean Valjean ! J'écris à monsieur le juge d'instruction. Il me fait venir, on m'amène le Champmathieu…

– Eh bien ? interrompit M. Madeleine.

Javert répondit avec son visage incorruptible et triste :

– Monsieur le maire, la vérité est la vérité. J'en suis fâché, mais c'est cet homme-là qui est Jean Valjean. Moi aussi je l'ai reconnu.

M. Madeleine reprit d'une voix très basse :

– Vous êtes sûr ?

Javert se mit à rire de ce rire douloureux qui échappe à une conviction profonde :

– Oh, sûr ! […]

– Et que dit cet homme ?

– Ah, dame ! monsieur le maire, l'affaire est mauvaise. Si c'est Jean Valjean, il y a récidive. Enjamber un mur, casser une branche, chiper des pommes, pour un enfant, c'est une polissonnerie ; pour un homme, c'est un délit ; pour un forçat, c'est un crime. Escalade et vol, tout y est. Ce n'est plus la police correctionnelle, c'est la cour d'assises. Ce n'est plus quelques jours de prison, ce sont les galères à perpétuité. Et puis, il y a l'affaire du petit savoyard que j'espère bien qui reviendra. Diable ! il y a de quoi se débattre, n'est-ce pas ? Oui, pour un autre que Jean Valjean. Mais Jean Valjean est un sournois. C'est encore là que je le reconnais. Un autre sentirait que cela chauffe ; il se démènerait, il crierait, la bouilloire chante devant le feu, il ne voudrait pas être Jean Valjean, et cætera. Lui, il n'a pas l'air de comprendre, il dit : Je suis Champmathieu, je ne sors pas de là ! Il a l'air étonné, il fait la brute, c'est bien mieux. Oh ! le drôle est habile ! mais c'est égal, les preuves sont là. Il est reconnu par quatre personnes ; le vieux coquin sera condamné. C'est porté aux assises à Arras. Je vais y aller pour témoigner. Je suis cité.

M. Madeleine s'était remis à son bureau, avait ressaisi son dossier, et le feuilletait tranquillement, lisant et écrivant tour à tour comme un homme affairé. Il se tourna vers Javert :

– Assez, Javert. Au fait, tous ces détails m'intéressent fort peu. Nous perdons notre temps, et nous avons des affaires pressées. Javert, vous allez vous rendre sur-le-champ chez la bonne femme Buseaupied qui vend des herbes là-bas au coin de la rue Saint-Saulve. Vous lui direz de déposer sa plainte contre le charretier Pierre Chesnelong. Cet homme est un brutal qui a failli écraser cette femme et son enfant. Il faut qu'il soit puni. Vous irez ensuite chez M. Charcellay, rue Montre-de-Champigny. Il se plaint qu'il y a une gouttière de la maison voisine qui verse l'eau de la pluie chez lui, et qui affouille[1] les fondations de sa maison. Après vous

1. ***Affouille*** : creuse une construction par l'action de l'eau.

constaterez des contraventions de police qu'on me signale rue Guibourg chez la veuve Doris, et rue du Garraud-Blanc chez madame Renée le Bossé, et vous dresserez procès-verbal. Mais je vous donne là beaucoup de besogne. N'allez-vous pas être absent ? ne m'avez-vous pas dit que vous alliez à Arras pour cette affaire dans huit ou dix jours ?…

– Plus tôt que cela, monsieur le maire.

– Quel jour donc ?

– Mais je croyais avoir dit à monsieur le maire que cela se jugeait demain et que je partais par la diligence cette nuit.

M. Madeleine fit un mouvement imperceptible.

– Et combien de temps durera l'affaire ?

– Un jour tout au plus. L'arrêt sera prononcé au plus tard demain dans la nuit. Mais je n'attendrai pas l'arrêt qui ne peut manquer ; sitôt ma déposition faite, je reviendrai ici.

– C'est bon, dit M. Madeleine.

Et il congédia Javert d'un signe de main.

7

L'affaire Champmathieu

[…] Le lecteur a sans doute deviné que M. Madeleine n'est autre que Jean Valjean.

Nous avons déjà regardé dans les profondeurs de cette conscience ; le moment est venu d'y regarder encore. Nous ne le faisons pas sans émotion et sans tremblement. Il n'existe rien de plus terrifiant que cette sorte de contemplation. L'œil de l'esprit ne peut trouver nulle part plus d'éblouissements ni plus de ténèbres que dans l'homme ; il ne peut se fixer sur aucune chose qui soit plus redoutable, plus compliquée, plus mystérieuse et plus infinie. Il y a un spectacle plus grand que la mer, c'est le ciel ; il y a un spectacle plus grand que le ciel, c'est l'intérieur de l'âme. […]

Nous n'avons que peu de chose à ajouter à ce que le lecteur connaît déjà de ce qui était arrivé à Jean Valjean depuis l'aventure de Petit-Gervais. À partir de ce moment, on l'a vu, il fut un autre homme. Ce que l'évêque avait voulu faire de lui, il l'exécuta. Ce fut plus qu'une transformation, ce fut une transfiguration.

Il réussit à disparaître, vendit l'argenterie de l'évêque, ne gardant que les flambeaux, comme souvenir, se glissa de ville en ville, traversa la France, vint à M — sur M —, eut l'idée que nous avons dite, accomplit ce que nous avons raconté, parvint à se faire insaisissable et inaccessible, et désormais, établi à M — sur M —, heureux de sentir sa conscience attristée par son passé et la première moitié de son existence démentie [1] par la dernière, il vécut paisible, rassuré et espérant, n'ayant plus que deux pensées : cacher son nom, et sanctifier [2] sa vie ; échapper aux hommes et revenir à Dieu. […]

Jamais les deux idées qui gouvernaient le malheureux homme dont nous racontons les souffrances n'avaient engagé une lutte si sérieuse. Il le comprit confusément, mais profondément, dès les premières paroles que prononça Javert, en entrant dans son cabinet. Au moment où fut si étrangement articulé ce nom qu'il avait enseveli sous tant d'épaisseurs, il fut saisi de stupeur et comme enivré par la sinistre bizarrerie de sa destinée, et à travers cette stupeur, il eut ce tressaillement qui précède les grandes secousses ; il se courba comme un chêne à l'approche d'un orage, comme un soldat à l'approche d'un assaut. Il sentit venir sur sa tête des ombres pleines de foudres et d'éclairs. Tout en écoutant Javert il eut une première pensée d'aller, de courir, de se dénoncer, de tirer ce Champmathieu de prison et de s'y mettre ; cela fut douloureux et poignant comme une incision dans la chair vive, puis

1. ***Démentie*** : contredite.
2. ***Sanctifier*** : rendre saint.

cela passa, et il se dit : Voyons ! voyons ! – Il réprima ce premier mouvement généreux et recula devant l'héroïsme. [...]

– Eh bien, quoi ! se dit-il, de quoi est-ce que j'ai peur ? qu'est-ce que j'ai à songer comme cela ? me voilà sauvé ! tout est fini. Je n'avais plus qu'une porte entrouverte par laquelle mon passé pouvait faire irruption dans ma vie ; cette porte, la voilà murée ! à jamais ! Ce Javert qui me trouble depuis si longtemps, ce redoutable instinct qui semblait m'avoir deviné, qui m'avait deviné, pardieu ! et qui me suivait partout, cet affreux chien de chasse toujours en arrêt sur moi, le voilà dérouté, occupé ailleurs, absolument dépisté ! Il est satisfait désormais, il me laissera tranquille, il tient son Jean Valjean ! Qui sait même, il est probable qu'il voudra quitter la ville ! Et tout cela s'est fait sans moi ! Et je n'y suis pour rien ! Ah çà, mais ! Qu'est-ce qu'il y a de malheureux dans ceci ? Des gens qui me verraient, parole d'honneur ! croiraient qu'il m'est arrivé une catastrophe ! Après tout, s'il y a du mal pour quelqu'un, ce n'est aucunement de ma faute. C'est la Providence qui a tout fait. C'est qu'elle veut cela apparemment ! Ai-je le droit de déranger ce qu'elle arrange ? Qu'est-ce que je demande à présent ? De quoi est-ce que je vais me mêler ? Cela ne me regarde pas. Comment ! Je ne suis pas content ! Mais qu'est-ce qu'il me faut donc ? Le but auquel j'aspire depuis tant d'années, le songe de mes nuits, l'objet de mes prières au ciel, la sécurité, je l'atteins ! C'est Dieu qui le veut. Je n'ai rien à faire contre la volonté de Dieu. Et pourquoi Dieu le veut-il ? Pour que je continue ce que j'ai commencé, pour que je fasse le bien, pour que je sois un jour un grand et encourageant exemple, pour qu'il soit dit qu'il y a eu enfin un peu de bonheur attaché à cette pénitence [1] que j'ai subie et à cette vertu où je suis revenu ! Vraiment je ne comprends pas pourquoi j'ai eu peur tantôt d'entrer chez ce brave curé et de tout lui raconter comme à un confesseur, et de lui demander

1. ***Pénitence*** : regret, remords d'avoir offensé Dieu.

conseil, c'est évidemment là ce qu'il aurait dit. C'est décidé, laissons aller les choses ! Laissons faire le bon Dieu !

Il se parlait ainsi dans les profondeurs de sa conscience, penché sur ce qu'on pourrait appeler son propre abîme. Il se leva de sa chaise, et se mit à marcher dans la chambre. – Allons, dit-il, n'y pensons plus. Voilà une résolution prise ! – Mais il ne sentit aucune joie.

Au contraire.

On n'empêche pas plus la pensée de revenir à une idée que la mer de revenir à un rivage. Pour le matelot, cela s'appelle la marée ; pour le coupable, cela s'appelle le remords. Dieu soulève l'âme comme l'océan. [...]

Pour la première fois depuis huit années, le malheureux homme venait de sentir la saveur amère d'une mauvaise pensée et d'une mauvaise action.

Il la recracha avec dégoût.

Il continua de se questionner. Il se demanda sévèrement ce qu'il avait entendu par ceci : « Mon but est atteint ! » Il se déclara que sa vie avait un but en effet. Mais quel but ? cacher son nom ? tromper la police ? était-ce pour une chose si petite qu'il avait fait tout ce qu'il avait fait ? est-ce qu'il n'avait pas un autre but, qui était le grand, qui était le vrai ? Sauver, non sa personne, mais son âme. Redevenir honnête et bon. Être un juste ! est-ce que ce n'était pas là surtout, là uniquement, ce qu'il avait toujours voulu, ce que l'évêque lui avait ordonné ? – Fermer la porte à son passé ? Mais il ne la fermait pas, grand Dieu ! Il la rouvrait en faisant une action infâme ! Mais il redevenait un voleur, et le plus odieux des voleurs ! Il volait à un autre son existence, sa vie, sa paix, sa place au soleil ! Il devenait un assassin ! Il tuait, il tuait moralement un misérable homme, il lui infligeait cette affreuse mort vivante, cette mort à ciel ouvert, qu'on appelle le bagne ! Au contraire, se livrer, sauver cet homme frappé d'une si lugubre erreur, reprendre son nom, redevenir par devoir le forçat Jean Valjean, c'était là vraiment achever sa résurrection, et fermer à jamais l'enfer d'où il sortait ! Y retomber en apparence, s'était en sortir en réalité ! Il fallait faire cela ! Il n'avait rien fait, s'il ne faisait pas cela ! toute sa vie était inutile, toute sa pénitence était perdue. Il n'y avait plus qu'à dire : à quoi bon ? Il sentait que l'évêque était là, que l'évêque était d'autant plus présent qu'il était mort, que l'évêque le regardait fixement, que désormais le maire Madeleine avec toutes ses vertus lui serait abominable et que le galérien Jean Valjean serait admirable et pur devant lui. Que les hommes voyaient son masque, mais que l'évêque voyait sa face. Que les hommes voyaient sa vie, mais que l'évêque voyait sa conscience. Il fallait donc aller à Arras, délivrer le faux Jean Valjean, dénoncer le véritable ! Hélas ! c'était là le plus grand des sacrifices, la plus poignante des victoires, le dernier pas à franchir ; mais il le fallait. Douloureuse destinée ! Il n'entrerait dans la sainteté aux yeux de Dieu que s'il rentrait dans l'infamie[1] aux yeux des hommes !

– Eh bien, dit-il, prenons ce parti ! faisons notre devoir. Sauvons cet homme !

Il prononça ces paroles à haute voix, sans s'apercevoir qu'il parlait tout haut. [...]

Sa rêverie n'avait point dévié. Il continuait de voir clairement son devoir écrit en lettres lumineuses qui flamboyaient devant ses yeux et se déplaçaient avec son regard : – *Va ! nomme-toi ! dénonce-toi !* –

Il voyait de même, et comme si elles se fussent mues[2] devant lui avec des formes sensibles, les deux idées qui avaient été jusque-là la double règle de sa vie : cacher son nom, sanctifier son âme. Pour la première fois, elles lui apparaissaient absolument distinctes, et il voyait la différence qui les séparait. Il reconnaissait que l'une de ces idées était nécessairement bonne, tandis que l'autre pouvait devenir mauvaise ; que celle-là était le dévouement et que celle-ci était la personnalité ; que l'une disait :

1. ***Infamie*** : déshonneur.
2. ***Comme si elles se fussent mues*** : comme si elles avaient bougé.

le prochain, et que l'autre disait : *moi* ; que l'une venait de la lumière et que l'autre venait de la nuit.

Elles se combattaient. Il les voyait se combattre. À mesure qu'il songeait, elles avaient grandi devant l'œil de son esprit ; elles avaient maintenant des statures colossales[1] ; et il lui semblait qu'il voyait lutter au-dedans de lui-même, dans cet infini dont nous parlions tout à l'heure, au milieu des obscurités et des lueurs, une déesse et une géante.

Il était plein d'épouvante, mais il lui semblait que la bonne pensée l'emportait.

Il sentait qu'il touchait à l'autre moment décisif de sa conscience et de sa destinée ; que l'évêque avait marqué la première phase de sa vie nouvelle, et que ce Champmathieu en marquait la seconde. Après la grande crise, la grande épreuve. [...]

À remuer tant d'idées lugubres, son courage ne défaillait pas, mais son cerveau se fatiguait. Il commençait à penser malgré lui à d'autres choses, à des choses indifférentes.

Ses artères battaient violemment dans ses tempes. Il allait et venait toujours. Minuit sonna d'abord à la paroisse, puis à la maison de ville. Il compta les douze coups aux deux horloges, et il compara le son des deux cloches. Il se rappela à cette occasion que, quelques jours auparavant, il avait vu chez un marchand de ferrailles une vieille cloche à vendre sur laquelle ce nom était écrit : *Antoine Albin de Romainville*.

Il avait froid. Il alluma un peu de feu. Il ne songea pas à fermer la fenêtre.

Cependant il était retombé dans sa stupeur. Il lui fallut faire un assez grand effort pour se rappeler à quoi il songeait avant que minuit sonnât. Il y parvint enfin.

– Ah ! oui, se dit-il, j'avais pris la résolution de me dénoncer.

Et puis tout à coup il pensa à la Fantine.

1. ***Des statures colossales*** : des tailles de géant.

– Tiens ! dit-il, et cette pauvre femme !

Ici une crise nouvelle se déclara.

Fantine, apparaissant brusquement dans sa rêverie, y fut comme un rayon d'une lumière inattendue. Il lui sembla que tout changeait d'aspect autour de lui, il s'écria :

– Ah çà, mais ! jusqu'ici je n'ai considéré que moi ! Je n'ai eu égard qu'à ma convenance[1] ! Il me convient de me taire ou de me dénoncer, – cacher ma personne ou sauver mon âme, – être un magistrat méprisable et respecté ou un galérien infâme et vénérable, c'est moi, c'est toujours moi, ce n'est que moi ! Mais, mon Dieu, c'est de l'égoïsme tout cela ! Ce sont des formes diverses de l'égoïsme, mais c'est de l'égoïsme ! Si je songeais un peu aux autres ? La première sainteté est de penser à autrui. Voyons, examinons ! Moi excepté, moi effacé, moi oublié, qu'arrivera-t-il de tout ceci ? – Si je me dénonce ? On me prend, on lâche ce Champmathieu, on me remet aux galères, c'est bien, et puis ? Que se passe-t-il ici ? Ah ! ici, il y a un pays, une ville, des fabriques, une industrie, des ouvriers, des hommes, des femmes, des vieux grands-pères, des enfants, des pauvres gens ! J'ai créé tout cela, je fais vivre tout cela ; partout où il y a une cheminée qui fume, c'est moi qui ai mis le tison[2] dans le feu et la viande dans la marmite ; j'ai fait l'aisance, la circulation, le crédit ; avant moi il n'y avait rien ; j'ai relevé, vivifié, animé, fécondé, stimulé, enrichi tout le pays ; moi de moins, c'est l'âme de moins. Je m'ôte, tout meurt. – Et cette femme qui a tant souffert, qui a tant de mérites dans sa chute, dont j'ai causé sans le vouloir tout le malheur ! Et cette enfant que je voulais aller chercher, que j'ai promis à la mère ! Est-ce que je ne dois pas aussi quelque chose à cette femme, en réparation du mal que je lui ai fait ? Si je disparais, qu'arrive-t-il ? La mère meurt. L'enfant devient ce qu'il

1. ***Je n'ai eu égard qu'à ma convenance*** : je ne me suis soucié que de mon intérêt.

2. ***Tison*** : reste du bois qui a brûlé.

peut. Voilà ce qui se passe, si je me dénonce. – Si je ne me dénonce pas ? Voyons, si je ne me dénonce pas ?

Après s'être fait cette question, il s'arrêta ; il eut comme un moment d'hésitation et de tremblement ; mais ce moment dura peu, et il se répondit avec calme :

– Eh bien, cet homme va aux galères, c'est vrai, mais, que diable ! il a volé ! J'ai beau me dire qu'il n'a pas volé, il a volé ! Moi, je reste ici, je continue. Dans dix ans j'aurai gagné dix millions, je les répands dans le pays, je n'ai rien à moi, qu'est-ce que cela me fait ? Ce n'est pas pour moi ce que je fais ! La prospérité de tous va croissant, les industries s'éveillent et s'excitent, les manufactures et les usines se multiplient, les familles, cent familles, mille familles ! sont heureuses ; la contrée se peuple ; il naît des villages où il n'y a que des fermes ; il naît des fermes où il n'y a rien ; la misère disparaît, et avec la misère disparaissent la débauche, la prostitution, le vol, le meurtre, tous les vices, tous les crimes ! Et cette pauvre mère élève son enfant ! et voilà tout un pays riche et honnête ! Ah çà, j'étais fou, j'étais absurde, qu'est-ce que je parlais donc de me dénoncer ? Il faut faire attention, vraiment, et ne rien précipiter. Quoi ! parce qu'il m'aura plu de faire le grand et le généreux ! – C'est du mélodrame, après tout ! – Parce que je n'aurai songé qu'à moi, qu'à moi seul, quoi ! pour sauver d'une punition peut-être un peu exagérée, mais juste au fond, on ne sait qui, un voleur, un drôle évidemment, il faudra que tout un pays périsse ! il faudra qu'une pauvre femme crève à l'hôpital ! qu'une pauvre petite fille crève sur le pavé ! comme des chiens ! Ah ! mais c'est abominable ! Sans même que la mère ait revu son enfant ! sans que l'enfant ait presque connu sa mère ! et tout ça pour ce vieux gredin de voleur de pommes qui, à coup sûr, a mérité les galères pour autre chose, si ce n'est pour cela ! Beaux scrupules qui sauvent un coupable et sacrifient des innocents, qui sauvent un vieux vagabond lequel n'a plus que quelques années à vivre au bout du compte et ne sera guère plus malheureux au bagne que dans sa masure[1], et qui sacrifient toute une population, mères, femmes, enfants ! Cette pauvre petite Cosette qui n'a que moi au monde et qui est sans doute en ce moment toute bleue de froid dans le bouge[2] de ces Thénardier ! Voilà encore des canailles, ceux-là ! Et je manquerais à mes devoirs envers tous ces pauvres êtres ! Et je m'en irais me dénoncer ! Et je ferais cette inepte[3] sottise ! Mettons tout au pis. Supposons qu'il y ait une mauvaise action pour moi dans ceci et que ma conscience me la reproche un jour ; accepter, pour le bien d'autrui, ces reproches qui ne chargent que moi, cette mauvaise action qui ne compromet que mon âme, c'est là qu'est le dévouement, c'est là qu'est la vertu.

Il se leva, il se remit à marcher. Cette fois il lui semblait qu'il était content.

On ne trouve les diamants que dans les ténèbres de la terre ; on ne trouve les vérités que dans les profondeurs de la pensée. Il lui semblait qu'après être descendu dans ces profondeurs, après avoir longtemps tâtonné[4] au plus noir de ces ténèbres, il venait enfin de trouver un de ces diamants, une de ces vérités, et qu'il la tenait dans sa main ; et il s'éblouissait à la regarder.

– Oui, pensa-t-il, c'est cela ! Je suis dans le vrai. J'ai la solution. Il faut finir par s'en tenir à quelque chose. Mon parti est pris. Laissons faire ! Ne vacillons plus, ne reculons plus. Ceci est dans l'intérêt de tous, non dans le mien. Je suis Madeleine, je reste Madeleine. Malheur à celui qui est Jean Valjean ! Ce n'est plus moi. Je ne connais pas cet homme, je ne sais plus ce que c'est, s'il se trouve que quelqu'un est Jean Valjean à cette heure, qu'il s'arrange ! Cela ne me regarde pas. C'est un nom de fatalité qui flotte dans la nuit, s'il s'arrête et s'abat sur une tête, tant pis pour elle !

---

1. ***Masure*** : petite maison misérable.
2. ***Bouge*** : lieu mal fréquenté.
3. ***Inepte*** : stupide.
4. ***Avoir longtemps tâtonné*** : avoir avancé à tâtons, hésité.

Il se regarda dans le petit miroir qui était sur sa cheminée et dit :

– Tiens ! cela m'a soulagé de prendre une résolution ! Je suis tout autre à présent.

Il marcha encore quelques pas, puis il s'arrêta court :

– Allons ! dit-il, il ne faut hésiter devant aucune des conséquences de la résolution prise. Il y a encore des fils qui m'attachent à ce Jean Valjean. Il faut les briser ! Il y a, dans cette chambre même, des objets qui m'accuseraient, des choses muettes qui seraient des témoins, c'est dit, il faut que tout cela disparaisse.

Il fouilla dans sa poche, en tira sa bourse, l'ouvrit et y prit une petite clef.

Il introduisit cette clef dans une serrure dont on voyait à peine le trou, perdu qu'il était dans les nuances les plus sombres du dessin qui couvrait le papier collé sur le mur. Une cachette s'ouvrit ; une espèce de fausse armoire ménagée entre l'angle de la muraille et le manteau de la cheminée. Il n'y avait dans cette cachette que quelques guenilles [1] : un sarrau [2] de toile bleue, un vieux pantalon, un vieux havresac [3] et un gros bâton d'épine [4] ferré aux deux bouts. Ceux qui avaient vu Jean Valjean à l'époque où il traversait D —, en octobre 1815, eussent aisément reconnu toutes les pièces de ce misérable accoutrement [5].

Il les avait conservées comme il avait conservé les chandeliers d'argent, pour se rappeler toujours son point de départ. Seulement il cachait ceci qui venait du bagne, et il laissait voir les flambeaux qui venaient de l'évêque.

1. ***Guenilles*** : vêtements misérables.
2. ***Sarrau*** : blouse de travail courte et ample.
3. ***Havresac*** : sac porté sur le dos servant à transporter outils ou provisions.
4. ***Épine*** : aubépine.
5. ***Accoutrement*** : habillement (péjoratif).

Il jeta un regard furtif vers la porte, comme s'il eût craint qu'elle ne s'ouvrît malgré le verrou qui la fermait ; puis d'un mouvement vif et brusque et d'une seule brassée, sans même donner un coup d'œil à ces choses qu'il avait si religieusement et si périlleusement gardées pendant tant d'années, il prit tout, haillons, bâton, havresac, et jeta tout au feu.

Il referma la fausse armoire, et, redoublant de précautions, désormais inutiles, puisqu'elle était vide, en cacha la porte derrière un gros meuble qu'il y poussa.

Au bout de quelques secondes, la chambre et le mur d'en face furent éclairés d'une grande réverbération rouge et tremblante. Tout brûlait ; le bâton d'épine pétillait et jetait des étincelles jusqu'au milieu de la chambre.

Le havresac, en se consumant avec d'affreux chiffons qu'il contenait, avait mis à nu quelque chose qui brillait dans la cendre. En se penchant, on eût aisément reconnu une pièce d'argent. Sans doute la pièce de quarante sous volée au petit savoyard.

Lui ne regardait pas le feu et marchait, allant et venant toujours du même pas.

Tout à coup ses yeux tombèrent sur les deux flambeaux d'argent que la réverbération faisait reluire vaguement sur la cheminée.

– Tiens ! pensa-t-il ; tout Jean Valjean est encore là-dedans. Il faut aussi détruire cela.

Il prit les deux flambeaux.

Il y avait assez de feu pour qu'on pût les déformer promptement et en faire une sorte de lingot méconnaissable.

Il se pencha sur le foyer et s'y chauffa un instant. Il eut un vrai bien-être. – La bonne chaleur ! dit-il.

Il remua le brasier avec un des deux chandeliers.

Une minute de plus, et ils étaient dans le feu.

En ce moment, il lui sembla qu'il entendait une voix qui criait au-dedans de lui : – Jean Valjean ! Jean Valjean !

Ses cheveux se dressèrent ; il devint comme un homme qui écoute une chose terrible :

– Oui, c'est cela, achève ! disait la voix. Complète ce que tu fais ! détruis ces flambeaux ! anéantis ce souvenir ! oublie l'évêque ! oublie tout ! perds ce Champmathieu, va ! c'est bien. Applaudis-toi ! Ainsi, c'est convenu, c'est résolu, c'est dit, voilà un homme, voilà un vieillard qui ne sait ce qu'on lui veut, qui n'a rien fait peut-être, un innocent, dont ton nom fait tout le malheur, sur qui ton nom pèse comme un crime, qui va être pris pour toi, qui va être condamné, qui va finir ses jours dans l'abjection [1] et dans l'horreur ! c'est bien. Sois honnête homme, toi. Reste monsieur le maire, reste honorable et honoré, enrichis la ville, nourris des indigents [2], élève des orphelins, vis heureux, vertueux et admiré, et pendant ce temps-là, pendant que tu seras ici dans la joie et dans la lumière, il y aura quelqu'un qui aura ta casaque rouge, qui portera ton nom dans l'ignominie [3] et qui traînera ta chaîne au bagne ! Oui, c'est bien arrangé ainsi ! Ah ! misérable !

La sueur lui coulait du front. Il attachait sur les flambeaux un œil hagard. Cependant ce qui parlait en lui n'avait pas fini. La voix continuait :

– Jean Valjean ! il y aura autour de toi beaucoup de voix qui feront un grand bruit, qui parleront bien haut, et qui te béniront, et une seule que personne n'entendra et qui te maudira dans les ténèbres. Eh bien ! écoute, infâme ! toutes ces bénédictions retomberont avant d'arriver au ciel, et il n'y aura que la malédiction qui montera jusqu'à Dieu !

Cette voix, d'abord toute faible et qui s'était élevée du plus obscur de sa conscience, était devenue par degrés éclatante et formidable, et il l'entendait maintenant à son oreille. Il lui sem-

1. ***Abjection*** : degré extrême de dégradation.
2. ***Indigents*** : misérables, démunis de tout.
3. ***Ignominie*** : honte.

blait qu'elle était sortie de lui-même et qu'elle parlait à présent en dehors de lui. Il crut entendre les dernières paroles si distinctement qu'il regarda dans la chambre avec une sorte de terreur.

– Y a-t-il quelqu'un ici ? demanda-t-il à haute voix et tout égaré.

Puis il reprit avec un rire qui ressemblait au rire d'un idiot :

– Que je suis bête ! il ne peut y avoir personne.

Il y avait quelqu'un ; mais celui qui y était n'était pas de ceux que l'œil humain peut voir.

Il posa les flambeaux sur la cheminée.

Alors il reprit cette marche monotone et lugubre qui troublait dans ses rêves et réveillait en sursaut l'homme endormi au-dessous de lui.

Cette marche le soulageait et l'enivrait en même temps. Il semble parfois que dans les occasions suprêmes on se remue pour demander conseil à tout ce qu'on peut rencontrer en se déplaçant. Au bout de quelques instants il ne savait plus où il en était.

Il reculait maintenant avec une égale épouvante devant les deux résolutions qu'il avait prises tour à tour. Les deux idées qui le conseillaient lui paraissaient aussi funestes l'une que l'autre. – Quelle fatalité ! quelle rencontre que ce Champmathieu pris pour lui ! Être précipité justement par le moyen que la Providence paraissait d'abord avoir employé pour l'affermir !

Il y eut un moment où il considéra l'avenir. Se dénoncer, grand Dieu ! se livrer ! Il envisagea avec un immense désespoir tout ce qu'il faudrait quitter, tout ce qu'il faudrait reprendre. Il faudrait donc dire adieu à cette existence si bonne, si pure, si radieuse, à ce respect de tous, à l'honneur, à la liberté ! Il n'irait plus se promener dans les champs, il n'entendrait plus chanter les oiseaux au mois de mai, il ne ferait plus l'aumône aux petits enfants ! Il ne sentirait plus la douceur des regards de reconnaissance et d'amour fixés sur lui ! Il quitterait cette maison qu'il avait bâtie ! cette petite chambre ! Tout lui paraissait charmant à cette heure. Il ne lirait plus dans ces livres, il n'écrirait plus sur cette petite table de bois blanc ! Sa vieille portière, la seule servante qu'il eût, ne lui monterait plus son café le matin ! Grand Dieu ! au lieu de cela, la chiourme, le carcan[1], la veste rouge, la chaîne au pied, la fatigue, le cachot, le lit de camp, toutes ces horreurs connues ! À son âge, après avoir été ce qu'il était ! Si encore il était jeune ! Mais vieux, être tutoyé par le premier venu, être fouillé par le garde-chiourme, recevoir le coup de bâton de l'argousin[2] ! Avoir les pieds nus dans des souliers ferrés ! Tendre matin et soir sa jambe au marteau du rondier[3] qui visite la manille[4] ! Subir la curiosité des étrangers auxquels on dirait : *Celui-là, c'est le fameux Jean Valjean, qui a été maire à M — sur M —* ! Le soir, ruisselant de sueur, accablé de lassitude, le bonnet vert sur les yeux, remonter deux à deux, sous le fouet du sergent, l'escalier-échelle du bagne flottant ! Oh ! quelle misère ! La destinée peut-elle donc être méchante comme un être intelligent et devenir monstrueuse comme le cœur humain ?

Et, quoi qu'il fît, il retombait toujours sur ce poignant dilemme[5] qui était au fond de sa rêverie : – Rester dans le paradis et y devenir démon ! Rentrer dans l'enfer et y devenir ange !

Que faire, grand Dieu ! que faire ?

La tourmente dont il était sorti avec tant de peine se déchaîna de nouveau en lui. Ses idées recommencèrent à se mêler. Elles prirent ce je ne sais quoi de stupéfié et de machinal qui est propre au désespoir. Le nom de Romainville lui revenait sans cesse à l'esprit avec deux vers d'une chanson qu'il avait entendue autre-

---

1. ***Carcan*** : collier de fer destiné à attacher le criminel par le cou.
2. ***Argousin*** : officier des galères.
3. ***Rondier*** : officier de ronde chargé le soir de ferrer les détenus et le matin de les déferrer afin qu'ils puissent travailler.
4. ***Manille*** : anneau auquel on fixe la chaîne des galériens.
5. ***Dilemme*** : alternative, choix nécessaire.

fois. Il songeait que Romainville est un petit bois près Paris où les jeunes gens amoureux vont cueillir des lilas au mois d'avril.

Il chancelait au-dehors comme au-dedans. Il marchait comme un petit enfant qu'on laisse aller seul.

À de certains moments, luttant contre sa lassitude, il faisait effort pour ressaisir son intelligence. Il tâchait de se poser une dernière fois, et définitivement, le problème sur lequel il était en quelque sorte tombé d'épuisement.

Faut-il se dénoncer ? Faut-il se taire ? – Il ne réussissait à rien voir de distinct. Les vagues aspects de tous les raisonnements ébauchés par sa rêverie tremblaient et se dissipaient l'un après l'autre en fumée. Seulement il sentait que, à quelque parti qu'il s'arrêtât[1], nécessairement, et sans qu'il fût possible d'y échapper, quelque chose de lui allait mourir ; qu'il entrait dans un sépulcre[2] à droite comme à gauche ; qu'il accomplissait une agonie, l'agonie de son bonheur ou l'agonie de sa vertu.

Hélas ! toutes ses irrésolutions l'avaient repris. Il n'était pas plus avancé qu'au commencement.

Ainsi se débattait sous l'angoisse cette malheureuse âme. Dix-huit cents ans avant cet homme infortuné[3], l'être mystérieux, en qui se résument toutes les saintetés et toutes les souffrances de l'humanité, avait aussi lui, pendant que les oliviers frémissaient au vent farouche de l'infini, longtemps écarté de la main l'effrayant calice[4] qui lui apparaissait ruisselant d'ombre et débordant de ténèbres dans des profondeurs pleines d'étoiles. [...]

---

1. ***À quelque parti qu'il s'arrêtât*** : quelle que soit sa décision.

2. ***Sépulcre*** : tombeau.

3. ***Infortuné*** : malchanceux.

4. ***Calice*** : dans le langage biblique, coupe contenant la douleur. Écarter le calice signifie tenter d'éviter une expérience pénible.

Cependant, en ce moment-là même, Fantine était dans la joie.

Elle avait passé une très mauvaise nuit. Toux affreuse, redoublement de fièvre ; elle avait eu des songes. Le matin, à la visite du médecin, elle délirait. Il avait eu l'air alarmé et avait recommandé qu'on le prévînt dès que M. Madeleine viendrait.

Toute la matinée elle fut morne, parla peu et fit des plis à ses draps en murmurant à voix basse des calculs qui avaient l'air d'être des calculs de distances. Ses yeux étaient caves [1] et fixes. Ils paraissaient presque éteints, et puis par moments, ils se rallumaient et resplendissaient comme des étoiles. Il semble qu'aux approches d'une certaine heure sombre, la clarté du ciel emplisse ceux que quitte la clarté de la terre.

Chaque fois que la sœur Simplice [2] lui demandait comment elle se trouvait, elle répondait invariablement :

– Bien. Je voudrais voir monsieur Madeleine.

Quelques mois auparavant, à ce moment où Fantine venait de perdre sa dernière pudeur, sa dernière honte et sa dernière joie, elle était l'ombre d'elle-même ; maintenant elle en était le spectre. Le mal physique avait complété l'œuvre du mal moral. Cette créature de vingt-cinq ans avait le front ridé, les joues flasques, les narines pincées, les dents déchaussées, le teint plombé, le cou osseux, les clavicules saillantes, les membres chétifs, la peau terreuse, et ses cheveux blonds poussaient mêlés de cheveux gris. Hélas ! comme la maladie improvise la vieillesse !

À midi, le médecin revint, il fit quelques prescriptions, s'informa si monsieur le maire avait paru à l'infirmerie, et branla la tête.

M. Madeleine venait d'habitude à trois heures voir la malade. Comme l'exactitude était de la bonté, il était exact.

---

1. ***Caves*** : enfoncés.

2. La sœur Simplice est l'une des religieuses qui soigne Fantine.

Vers deux heures et demie, Fantine commença à s'agiter. Dans l'espace de vingt minutes, elle demanda plus de dix fois à la religieuse : – Ma sœur, quelle heure est-il ?

Trois heures sonnèrent. Au troisième coup Fantine se dressa sur son séant, elle qui d'ordinaire pouvait à peine remuer dans son lit ; elle joignit dans une sorte d'étreinte convulsive ses deux mains décharnées et jaunes, et la religieuse entendit sortir de sa poitrine un de ces soupirs profonds qui semblent soulever un accablement. Puis Fantine se tourna, et regarda la porte.

Personne n'entra ; la porte ne s'ouvrit point.

Elle resta ainsi un quart d'heure, l'œil attaché sur la porte, immobile et comme retenant son haleine. La sœur n'osait lui parler. L'église sonna trois heures un quart. Fantine se laissa retomber sur l'oreiller.

Elle ne dit rien et se remit à faire des plis à son drap.

La demi-heure passa, puis l'heure, personne ne vint ; chaque fois que l'horloge sonnait, Fantine se dressait et regardait du côté de la porte, puis elle retombait.

On voyait clairement sa pensée, mais elle ne prononçait aucun nom, elle ne se plaignait pas, elle n'accusait pas. Seulement elle toussait d'une façon lugubre. On eût dit que quelque chose d'obscur s'abaissait sur elle. Elle était livide et avait les lèvres bleues. Elle souriait par moments.

Cinq heures sonnèrent. Alors la sœur l'entendit qui disait très bas et doucement : – Mais puisque je m'en vais demain, il a tort de ne pas venir aujourd'hui !

La sœur Simplice elle-même était surprise du retard de M. Madeleine. […]

L'horloge sonna six heures. Fantine ne parut pas entendre. Elle semblait ne plus faire attention à aucune chose autour d'elle.

La sœur Simplice envoya une fille de service s'informer près de la portière de la fabrique si monsieur le maire était rentré et s'il ne monterait pas bientôt à l'infirmerie. La fille revint au bout de quelques minutes.

Fantine était toujours immobile et paraissait attentive à des idées qu'elle avait.

La servante raconta très bas à la sœur Simplice que monsieur le maire était parti le matin même avant six heures dans un petit tilbury [1] attelé d'un cheval blanc, par le froid qu'il faisait ; qu'il était parti seul, pas même de cocher, qu'on ne savait pas le chemin qu'il avait pris, que des personnes disaient l'avoir vu tourner par la route d'Arras, que d'autres assuraient l'avoir rencontré sur la route de Paris. Qu'en s'en allant il avait été comme à l'ordinaire, très doux, et qu'il avait seulement dit à la portière qu'on ne l'attendît pas cette nuit.

Pendant que les deux femmes, le dos tourné au lit de la Fantine, chuchotaient, la sœur questionnant, la servante conjecturant [2], la Fantine, avec cette vivacité fébrile de certaines maladies organiques, qui mêle les mouvements libres de la santé à l'effrayante maigreur de la mort, s'était mise à genoux sur son lit, ses deux poings crispés appuyés sur le traversin, et, la tête passée par l'intervalle des rideaux, elle écoutait. Tout à coup elle cria :

– Vous parlez là de monsieur Madeleine ! pourquoi parlez-vous tout bas ? qu'est-ce qu'il fait ? pourquoi ne vient-il pas ? [...]

– Monsieur le maire est parti.

Fantine se redressa et s'assit sur ses talons. Ses yeux étincelèrent. Une joie inouïe rayonna sur cette physionomie douloureuse.

– Parti ! s'écria-t-elle. Il est allé chercher Cosette !

Puis elle tendit ses deux mains vers le ciel et tout son visage devint ineffable. Ses lèvres remuaient ; elle priait à voix basse. [...]

Entre sept et huit heures le médecin vint. [...] Le médecin fut surpris. Elle était mieux. L'oppression était moindre. Le pouls

1. ***Tilbury*** : voiture à cheval légère pour deux personnes.
2. ***Conjecturant*** : imaginant.

avait repris de la force. Une sorte de vie survenue tout à coup ranimait ce pauvre être épuisé.

[Jean Valjean, pendant ce temps, a pris la route d'Arras. Arrivé devant le palais de justice, il demande à être introduit dans la salle d'audience où se déroule le procès de Champmathieu. À la barre sont appelés par l'accusation trois anciens forçats qui affirment reconnaître Jean Valjean en la personne de Champmathieu. Mais alors que l'accusé est sur le point d'être condamné, un coup de théâtre se produit : M. Madeleine se dénonce comme étant Jean Valjean. Champmathieu est immédiatement acquitté. Jean Valjean déclare se tenir à la disposition de la police.]

8

Contrecoup

Le jour commençait à poindre. Fantine avait eu une nuit de fièvre et d'insomnie, pleine d'ailleurs d'images heureuses ; au matin, elle s'endormit. La sœur Simplice qui l'avait veillée profita de ce sommeil pour aller préparer une nouvelle potion de quinquina [1]. La digne sœur était depuis quelques instants dans le laboratoire de l'infirmerie, penchée sur ses drogues et sur ses fioles [2] et regardant de très près, à cause de cette brume que le crépuscule répand sur les objets. Tout à coup elle tourna la tête et fit un léger cri. M. Madeleine était devant elle. Il venait d'entrer silencieusement.

– C'est vous, monsieur le maire ! s'écria-t-elle. Il répondit, à voix basse :

– Comment va cette pauvre femme ?

1. ***Quinquina*** : médicament préparé avec une écorce amère.
2. ***Fioles*** : petites bouteilles de verre à col étroit.

– Pas mal en ce moment. Mais nous avons été bien inquiets, allez !

Elle lui expliqua ce qui s'était passé, que Fantine était bien mal la veille et que maintenant elle était mieux, parce qu'elle croyait que monsieur le maire était allé chercher son enfant à Montfermeil. La sœur n'osa pas interroger monsieur le maire, mais elle vit bien à son air que ce n'était point de là qu'il venait.

– Tout cela est bien, dit-il, vous avez eu raison de ne pas la détromper.

– Oui, reprit la sœur, mais maintenant, monsieur le maire, qu'elle va vous voir et qu'elle ne verra pas son enfant, que lui dirons-nous ?

Il resta un moment rêveur.

– Dieu nous inspirera, dit-il.

– On ne pourrait cependant pas mentir, murmura la sœur à demi-voix.

Le plein jour s'était fait dans la chambre. Il éclairait en face le visage de M. Madeleine. Le hasard fit que la sœur leva les yeux.

– Mon Dieu, monsieur ! s'écria-t-elle, que vous est-il donc arrivé ? vos cheveux sont tout blancs !

– Blancs ! dit-il.

La sœur Simplice n'avait point de miroir ; elle fouilla dans une trousse et en tira une petite glace dont se servait le médecin de l'infirmerie pour constater qu'un malade était mort et ne respirait plus. M. Madeleine prit la glace, y considéra ses cheveux et dit :
– Tiens !

Il prononça ce mot avec indifférence et comme s'il pensait à autre chose. […] Il fit quelques observations sur une porte qui fermait mal, et dont le bruit pouvait réveiller la malade, puis il entra dans la chambre de Fantine, s'approcha du lit et entrouvrit les rideaux. Elle dormait. […]

M. Madeleine resta quelque temps immobile près de ce lit, regardant tour à tour la malade et le crucifix, comme il faisait deux mois auparavant, le jour où il était venu pour la première fois la voir dans cet asile. Ils étaient encore là tous les deux dans la même attitude ; elle dormant, lui priant ; seulement maintenant, depuis ces deux mois écoulés, elle avait des cheveux gris et lui des cheveux blancs.

La sœur n'était pas entrée avec lui. Il se tenait près de ce lit, debout, le doigt sur la bouche, comme s'il y eût dans la chambre quelqu'un à faire taire.

Elle ouvrit les yeux, le vit, et dit paisiblement, avec un sourire :

– Et Cosette ?

Elle n'eut pas un mouvement de surprise, ni un mouvement de joie ; elle était la joie même. Cette simple question : – Et Cosette ? fut faite avec une foi si profonde, avec tant de certitude, avec une absence si complète d'inquiétude et de doute, qu'il ne trouva pas une parole. Elle continua :

– Je savais que vous étiez là, je dormais, mais je vous voyais. Il y a longtemps que je vous vois, je vous ai suivi des yeux toute la nuit. Vous étiez dans une gloire et vous aviez autour de vous toutes sortes de figures célestes.

Il leva son regard vers le crucifix.

– Mais, reprit-elle, dites-moi donc où est Cosette ? Pourquoi ne l'avoir pas mise sur mon lit pour le moment où je m'éveillerais ?

Il répondit machinalement quelque chose qu'il n'a jamais pu se rappeler plus tard.

Heureusement le médecin, averti, était survenu. Il vint en aide à M. Madeleine.

– Mon enfant, dit le médecin, calmez-vous. Votre enfant est là.

Les yeux de Fantine s'illuminèrent et couvrirent de clarté tout son visage. Elle joignit les mains avec une expression qui contenait tout ce que la prière peut avoir à la fois de plus violent et de plus doux :

– Oh ! s'écria-t-elle, apportez-la-moi !

Touchante illusion de mère ! Cosette était toujours pour elle le petit enfant qu'on apporte.

– Pas encore, reprit le médecin, pas en ce moment. Vous avez un reste de fièvre. La vue de votre enfant vous agiterait et vous ferait du mal. Il faut d'abord vous guérir.

Elle l'interrompit impétueusement.

– Mais je suis guérie ! je vous dis que je suis guérie ! Est-il âne, ce médecin. Ah çà ! je veux voir mon enfant, moi !

– Vous voyez, dit le médecin, comme vous vous emportez. Tant que vous serez ainsi, je m'opposerai à ce que vous ayez votre enfant. Il ne suffit pas de la voir, il faut vivre pour elle. Quand vous serez raisonnable, je vous l'amènerai moi-même.

La pauvre mère courba la tête. [...]

Cependant le fond riant de ses idées revint. Elle continua de se parler à elle-même, la tête sur l'oreiller :

– Comme nous allons être heureuses ! Nous aurons un petit jardin, d'abord ! Monsieur Madeleine me l'a promis. Ma fille jouera dans le jardin. Elle doit savoir ses lettres maintenant. Je la ferai épeler. Elle courra dans l'herbe après les papillons. Je la regarderai. Et puis, elle fera sa première communion. Ah çà ! quand fera-t-elle sa première communion ?

Elle se mit à compter sur ses doigts.

– ... Un, deux, trois, quatre... elle a sept ans. Dans cinq ans. Elle aura un voile blanc, des bas à jour, elle aura l'air d'une petite femme. Ô ma bonne sœur, vous ne savez pas comme je suis bête, voilà que je pense à la première communion de ma fille !

Et elle se mit à rire.

Il avait quitté la main de Fantine. Il écoutait ces paroles comme on écoute un vent qui souffle, les yeux à terre, l'esprit plongé dans des réflexions sans fond. Tout à coup elle cessa de parler, cela lui fit lever machinalement la tête. Fantine était devenue effrayante.

Elle ne parlait plus, elle ne respirait plus ; elle s'était soulevée à demi sur son séant, son épaule maigre sortait de sa chemise ; son visage, radieux le moment d'auparavant, était blême, et elle paraissait fixer sur quelque chose de formidable, devant elle, à l'autre extrémité de la chambre, son œil agrandi par la terreur.

– Mon Dieu ! s'écria-t-il. Qu'avez-vous, Fantine ?

Elle ne répondit pas, elle ne quitta point des yeux l'objet quelconque qu'elle semblait voir, elle lui toucha le bras d'une main et de l'autre lui fit signe de regarder derrière lui.

Il se retourna, et vit Javert.

[...]

La Fantine n'avait point vu Javert depuis le jour où monsieur le maire l'avait arrachée à cet homme. Son cerveau malade ne se rendit compte de rien, seulement elle ne douta pas qu'il ne revînt la chercher. Elle ne put supporter cette figure affreuse, elle se sentit expirer, elle cacha son visage de ses deux mains et cria avec angoisse :

– Monsieur Madeleine, sauvez-moi !

Jean Valjean, – nous ne le nommerons plus désormais autrement, – s'était levé. Il dit à Fantine de sa voix la plus douce et la plus calme :

– Soyez tranquille. Ce n'est pas pour vous qu'il vient.

Puis il s'adressa à Javert et lui dit :

– Je sais ce que vous voulez.

Javert répondit :

– Allons, vite !

Il y eut dans l'inflexion qui accompagna ces deux mots, je ne sais quoi de fauve et de frénétique. Javert ne dit pas : Allons, vite ! il dit : Allonouaîte ! Aucune orthographe ne pourrait rendre l'accent dont cela fut prononcé ; ce n'était plus une parole humaine ; c'était un rugissement.

Il ne fit point comme d'habitude ; il n'entra point en matière ; il n'exhiba point de mandat d'amener[1]. Pour lui, Jean Valjean

1. ***Mandat d'amener*** : document officiel autorisant l'arrestation d'une personne.

était une sorte de combattant mystérieux et insaisissable, un lutteur ténébreux qu'il étreignait depuis cinq ans sans pouvoir le renverser. Cette arrestation n'était pas un commencement, mais une fin. Il se borna à dire : Allons, vite !

En parlant ainsi, il ne fit point un pas ; il lança sur Jean Valjean ce regard qu'il jetait comme un crampon, et avec lequel il avait coutume de tirer violemment les misérables à lui.

C'était ce regard que la Fantine avait senti pénétrer jusque dans la moelle de ses os, deux mois auparavant.

Au cri de Javert, Fantine avait rouvert les yeux. Mais M. le maire était là, que pouvait-elle craindre ?

Javert avança au milieu de la chambre et cria :

– Ah çà ! viendras-tu !

La malheureuse regarda autour d'elle. Il n'y avait personne que la religieuse et monsieur le maire. À qui pouvait s'adresser ce tutoiement abject [1] ? À elle seulement. Elle frissonna.

Alors elle vit une chose inouïe, tellement inouïe que jamais rien de pareil ne lui était apparu dans les plus noirs délires de la fièvre.

Elle vit le mouchard Javert saisir au collet [2] monsieur le maire ; elle vit monsieur le maire courber la tête. Il lui sembla que le monde s'évanouissait.

Javert, en effet, avait pris Jean Valjean au collet.

– Monsieur le maire ! cria Fantine.

Javert éclata de rire, de cet affreux rire qui lui déchaussait toutes les dents.

– Il n'y a plus de monsieur le maire ici !

Jean Valjean n'essaya pas de déranger la main qui tenait le col de sa redingote. Il dit :

– Javert…

Javert l'interrompit : – Appelle-moi monsieur l'inspecteur.

---

1. ***Abject*** : dégoûtant.
2. ***Collet*** : col.

– Monsieur, reprit Jean Valjean, je voudrais vous dire un mot en particulier.

– Tout haut ! parle tout haut, répondit Javert ; on me parle tout haut, répondit Javert ; on me parle tout haut à moi !

Jean Valjean continua en baissant la voix :

– C'est une prière que j'ai à vous faire...

– Je te dis de parler tout haut.

– Mais cela ne doit être entendu que de vous seul...

– Qu'est-ce que cela me fait ? je n'écoute pas !

Jean Valjean se tourna vers lui et lui dit rapidement et très bas :

– Accordez-moi trois jours ! Trois jours pour aller chercher l'enfant de cette malheureuse femme ! Je paierai ce qu'il faudra ! Vous m'accompagnerez, si vous voulez.

– Tu veux rire ! cria Javert. Ah çà ! je ne te croyais pas bête ! Tu me demandes trois jours pour t'en aller ! Tu dis que c'est pour aller chercher l'enfant de cette fille ! Ah ! ah ! c'est bon ! voilà qui est bon !

Fantine eut un tremblement.

– Mon enfant ! s'écria-t-elle, aller chercher mon enfant ! Elle n'est donc pas ici ! Ma sœur, répondez-moi, où est Cosette ? Je veux mon enfant ! Monsieur Madeleine ! Monsieur le maire !

Javert frappa du pied.

– Voilà l'autre à présent ! te tairas-tu, drôlesse ! Gredin de pays où les galériens sont magistrats et où les filles publiques sont soignées comme des comtesses ! Ah, mais ! tout ça va changer ; il était temps !

Il regarda fixement Fantine et ajouta, en reprenant à poignée la cravate, la chemise et le collet de Jean Valjean :

– Je te dis qu'il n'y a point de monsieur Madeleine et qu'il n'y a point de monsieur le maire. Il y a un voleur, il y a un brigand, il y a un forçat appelé Jean Valjean ! C'est lui que je tiens ! Voilà ce qu'il y a !

Fantine se dressa en sursaut, appuyée sur ses bras raides et sur ses deux mains, elle regarda Jean Valjean, elle regarda Javert, elle regarda la religieuse, elle ouvrit la bouche comme pour parler, un râle[1] sortit du fond de sa gorge, ses dents claquèrent, elle étendit les bras avec angoisse, ouvrant convulsivement les mains, et cherchant autour d'elle comme quelqu'un qui se noie, puis elle s'affaissa subitement sur l'oreiller.

Sa tête heurta le chevet du lit et vint retomber sur sa poitrine, la bouche béante, les yeux ouverts et éteints.

Elle était morte.

Jean Valjean posa sa main sur la main de Javert qui le tenait, et l'ouvrit comme il eût ouvert la main d'un enfant, puis il dit à Javert :

– Vous avez tué cette femme.

– Finirons-nous ! cria Javert furieux, je ne suis pas ici pour entendre des raisons. Économisons tout ça ; la garde est en bas, marchons tout de suite, ou les poucettes[2] !

Il y avait dans un coin de la chambre un vieux lit en fer en assez mauvais état qui servait de lit de camp aux sœurs quand elles veillaient. Jean Valjean alla à ce lit, disloqua en un clin d'œil le chevet déjà fort délabré, chose facile à des muscles comme les siens, saisit à poigne-main[3] la maîtresse tringle, et considéra Javert. Javert recula vers la porte.

Jean Valjean, sa barre de fer au poing, marcha lentement vers le lit de Fantine. Quand il y fut parvenu, il se retourna et dit à Javert d'une voix qu'on entendait à peine :

– Je ne vous conseille pas de me déranger en ce moment.

Ce qui est certain, c'est que Javert tremblait.

1. ***Râle*** : bruit rauque de respiration.

2. ***Poucettes*** : anneaux ou chaînettes à cadenas servant à attacher ensemble les pouces d'un prisonnier.

3. ***À poigne-main*** : à pleine main, avec force.

Il eut l'idée d'aller appeler la garde, mais Jean Valjean pouvait profiter de cette minute pour s'évader. Il resta donc, saisit sa canne par le petit bout, et s'adossa au chambranle de la porte sans quitter du regard Jean Valjean.

Jean Valjean posa son coude sur la pomme du chevet du lit et son front sur sa main, et se mit à contempler Fantine immobile et étendue. Il demeura ainsi, absorbé, muet, et ne songeant évidemment plus à aucune chose de cette vie. Il n'y avait plus rien sur son visage et dans son attitude qu'une inexprimable pitié. Après quelques instants de cette rêverie, il se pencha vers Fantine et lui parla à voix basse.

Que lui dit-il ? Que pouvait dire cet homme qui était réprouvé, à cette femme qui était morte ? Qu'était-ce que ces paroles ? Personne sur la terre ne les a entendues. La morte les entendit-elle ? Il y a des illusions touchantes qui sont peut-être des réalités sublimes. Ce qui est hors de doute, c'est que la sœur Simplice, unique témoin de la chose qui se passait, a souvent raconté qu'au moment où Jean Valjean parla à l'oreille de Fantine, elle vit distinctement poindre un ineffable sourire sur ces lèvres pâles et dans ces prunelles vagues, pleines de l'étonnement du tombeau.

Jean Valjean prit dans ses deux mains la tête de Fantine et l'arrangea sur l'oreiller comme une mère eût fait pour son enfant, puis il lui rattacha le cordon de sa chemise et rentra ses cheveux sous son bonnet. Cela fait, il lui ferma les yeux.

La face de Fantine en cet instant semblait étrangement éclairée.

La mort, c'est l'entrée dans la grande lueur.

La main de Fantine pendait hors du lit. Jean Valjean s'agenouilla devant cette main, la souleva doucement et la baisa.

Puis il se redressa, et se tournant vers Javert :

– Maintenant, dit-il, je suis à vous. […]

Deuxième partie
Cosette

1

Le vaisseau l'*Orion*

Jean Valjean avait été repris.

On nous saura gré[1] de passer rapidement sur des détails douloureux. Nous nous bornons à transcrire deux entrefilets[2] publiés par les journaux du temps, quelques mois après les événements surprenants accomplis à M — sur M —.

Ces articles sont un peu sommaires. On se souvient qu'il n'existait pas encore à cette époque de *Gazette des Tribunaux*[3].

Nous empruntons le premier au *Drapeau blanc*. Il est daté du 25 juillet 1823.

« – Un arrondissement du Pas-de-Calais vient d'être le théâtre d'un événement peu ordinaire. Un homme étranger au département et nommé M. Madeleine avait relevé depuis quelques années, grâce à des procédés nouveaux, une ancienne industrie locale, la fabrication des jais et des verroteries noires. Il y avait fait sa fortune, et, disons-le, celle de l'arrondissement. En reconnaissance de ses services on l'avait nommé maire. La police a découvert que M. Madeleine n'était autre qu'un ancien forçat en rupture de ban[4], condamné en 1796 pour vol, et nommé Jean Valjean. Jean Valjean a été réintégré au bagne. Il paraît qu'avant son arrestation il avait réussi à retirer de chez M. Laffitte une somme de plus d'un demi-million qu'il y avait placée, et qu'il avait du reste, très légitimement, dit-on, gagnée dans son commerce. On n'a pu savoir où Jean Valjean avait caché cette somme depuis sa rentrée au bagne de Toulon. »

---

1. ***On nous saura gré*** : on nous remerciera.
2. ***Entrefilets*** : courts articles.
3. ***La Gazette des Tribunaux*** : publication rendant compte de l'actualité judiciaire.
4. ***En rupture de ban*** : qui a négligé de se déclarer régulièrement auprès de la police dans les villes qu'il traverse.

Le deuxième article, un peu plus détaillé, est extrait du *Journal de Paris*, même date :

« – Un ancien forçat libéré, nommé Jean Valjean, vient de comparaître devant la cour d'assises du Var dans des circonstances faites pour appeler l'attention. Ce scélérat[1] était parvenu à tromper la vigilance de la police ; il avait changé de nom et avait réussi à se faire nommer maire d'une de nos petites villes du Nord. Il avait établi dans cette ville un commerce assez considérable. Il a été enfin démasqué et arrêté, grâce au zèle[2] infatigable du ministère public. Il avait pour concubine[3] une fille publique qui est morte de saisissement au moment de son arrestation. Ce misérable, qui est doué d'une force herculéenne[4], avait trouvé moyen de s'évader, mais trois ou quatre jours après son évasion, la police mit de nouveau la main sur lui, à Paris même, au moment où il montait dans une de ces petites voitures qui font le trajet de la capitale au village de Montfermeil (Seine-et-Oise). On dit qu'il avait profité de l'intervalle de ces trois ou quatre jours de liberté pour retirer une somme considérable placée par lui chez un de nos principaux banquiers. On évalue cette somme à six ou sept cent mille francs. À en croire l'acte d'accusation, il l'aurait enfouie en un lieu connu de lui seul et l'on n'a pas pu la saisir ; quoi qu'il en soit, le nommé Jean Valjean vient d'être traduit aux assises[5] du département du Var comme accusé d'un vol de grand chemin commis à main armée, il y a huit ans environ, sur la personne d'un de ces honnêtes enfants qui, comme l'a dit le patriarche de Ferney[6] en vers immortels,

---

1. ***Scélérat*** : individu qui a commis de mauvaises actions.
2. ***Zèle*** : empressement, dévouement.
3. ***Concubine*** : maîtresse.
4. ***Herculéenne*** : digne d'Hercule, personnage mythologique à la force exceptionnelle.
5. ***Traduit aux assises*** : présenté devant un tribunal.
6. ***Le patriarche de Ferney*** : Voltaire, écrivain et philosophe français (1694-1778).

… De Savoie arrivent tous les ans
Et dont la main légèrement essuie
Ces longs canaux engorgés par la suie.

« Ce bandit a renoncé à se défendre. Il a été établi par l'habile et éloquent organe du ministère public, que le vol avait été commis de complicité et que Jean Valjean faisait partie d'une bande de voleurs dans le Midi. En conséquence Jean Valjean, déclaré coupable, a été condamné à la peine de mort. Ce criminel avait refusé de se pourvoir en cassation[1]. Le roi, dans son inépuisable clémence[2], a daigné commuer sa peine[3] en celle des travaux forcés à perpétuité. Jean Valjean a été immédiatement dirigé sur le bagne de Toulon. »

On n'a pas oublié que Jean Valjean avait à M — sur M — des habitudes religieuses. Quelques journaux, entre autres le *Constitutionnel*, présentèrent cette commutation comme un triomphe du parti prêtre.

Jean Valjean changea de chiffre au bagne. Il s'appela 9430. […]

Vers la fin d'octobre de cette même année 1823, les habitants de Toulon virent rentrer dans leur port, à la suite d'un gros temps et pour réparer quelques avaries[4], le vaisseau l'*Orion* qui a été plus tard employé à Brest comme vaisseau-école et qui faisait alors partie de l'escadre[5] de la Méditerranée.

1. ***Se pourvoir en cassation*** : demander l'annulation d'une décision juridique à une cour compétente.
2. ***Clémence*** : bonté, générosité.
3. ***Commuer sa peine*** : modifier la sanction en l'atténuant.
4. ***Avaries*** : dégâts subis par un bateau.
5. ***Escadre*** : force navale.

Ce bâtiment, tout éclopé[1] qu'il était, car la mer l'avait malmené, fit de l'effet en entrant dans la rade. Il portait je ne sais plus quel pavillon[2] qui lui valut un salut réglementaire de onze coups de canon, rendus par lui coup pour coup ; total : vingt-deux. On a calculé qu'en salves[3], politesses royales et militaires, échanges de tapages courtois, signaux d'étiquette[4], formalités de rades et de citadelles, levers et couchers de soleil salués tous les jours par toutes les forteresses et tous les navires de guerre, ouvertures et fermetures des portes, etc., etc., le monde civilisé tirait à poudre par toute la terre, toutes les vingt-quatre heures, cent cinquante mille coups de canon inutiles. À six francs le coup de canon, cela fait neuf cent mille francs par jour, trois cents millions par an, qui s'en vont en fumée. Ceci n'est qu'un détail. Pendant ce temps-là les pauvres meurent de faim. [...]

Tous les jours donc, du matin au soir, les quais, les musoirs[5] et les jetées du port de Toulon étaient couverts d'une quantité d'oisifs et de badauds, comme on dit à Paris, ayant pour affaire de regarder l'*Orion*. [...]

Un matin la foule qui le contemplait fut témoin d'un accident.

L'équipage était occupé à enverguer[6] les voiles. Le gabier[7] chargé de prendre l'empointure[8] du grand hunier[9] tribord[10] perdit l'équilibre. On le vit chanceler, la multitude amassée sur le quai de l'Arsenal jeta un cri, la tête emporta le corps, l'homme

---

1. ***Éclopé*** : accidenté.

2. ***Pavillon*** : drapeau permettant d'identifier la nationalité et la fonction d'un navire.

3. ***Salves*** : décharges d'armes à feu diverses.

4. ***Étiquette*** : code fixé par l'usage.

5. ***Musoirs*** : extrémités d'une jetée.

6. ***Enverguer*** : attacher à la vergue (voir note 1, p. 152).

7. ***Gabier*** : matelot chargé de l'entretien des voiles.

8. ***Empointure*** : angle supérieur d'une voile.

9. ***Hunier*** : voile carrée.

10. ***Tribord*** : côté droit d'un navire.

tourna autour de la vergue[1], les mains étendues vers l'abîme ; il saisit, au passage, le faux-marchepied d'une main d'abord, puis de l'autre, et il y resta suspendu. La mer était au-dessous de lui à une profondeur vertigineuse. La secousse de sa chute avait imprimé au faux-marchepied un violent mouvement d'escarpolette[2]. L'homme allait et venait au bout de cette corde comme la pierre d'une fronde.

Aller à son secours, c'était courir un risque effrayant. Aucun des matelots, tous pêcheurs de la côte nouvellement levés[3] pour le service, n'osait s'y aventurer. Cependant le malheureux gabier se fatiguait ; on ne pouvait voir son angoisse sur son visage, mais on distinguait dans tous ses membres son épuisement. Ses bras se tordaient dans un tiraillement horrible. Chaque effort qu'il faisait pour remonter ne servait qu'à augmenter les oscillations du faux-marchepied. Il ne criait pas de peur de perdre de la force. On n'attendait plus que la minute où il lâcherait la corde et par instants toutes les têtes se détournaient afin de ne pas le voir passer[4]. Il y a des moments où un bout de corde, une perche, une branche d'arbre, c'est la vie même, et c'est une chose affreuse de voir un être vivant s'en détacher et tomber comme un fruit mûr.

Tout à coup, on aperçut un homme qui grimpait dans le gréement[5] avec l'agilité d'un chat-tigre. Cet homme était vêtu de rouge, c'était un forçat ; il avait un bonnet vert, c'était un forçat à vie. Arrivé à la hauteur de la hune, un coup de vent emporta son bonnet et laissa voir une tête toute blanche ; ce n'était pas un jeune homme.

---

1. ***Vergue*** : pièce de bois utilisée comme mât.
2. ***Escarpolette*** : balançoire.
3. ***Levés*** : recrutés.
4. ***Passer*** : ici, mourir.
5. ***Gréement*** : ensemble des mâts, voiles et cordages.

Un forçat en effet, employé à bord avec une corvée du bagne, avait dès le premier moment couru à l'officier de quart[1] et au milieu du trouble et de l'hésitation de l'équipage, pendant que tous les matelots tremblaient et reculaient, il avait demandé à l'officier la permission de risquer sa vie pour sauver le gabier. Sur un signe affirmatif de l'officier, il avait rompu d'un coup de marteau la chaîne rivée à la manille de son pied, puis il avait pris une corde, et il s'était élancé dans les haubans[2]. Personne ne remarqua en cet instant-là avec quelle facilité cette chaîne fut brisée. Ce ne fut que plus tard qu'on s'en souvint.

En un clin d'œil il fut sur la vergue. Il s'arrêta quelques secondes et parut la mesurer du regard. Ces secondes, pendant lesquelles le vent balançait le gabier à l'extrémité d'un fil, semblèrent des siècles à ceux qui regardaient. Enfin le forçat leva les yeux au ciel, et fit un pas en avant.

La foule respira. On le vit parcourir la vergue en courant. Parvenu à la pointe, il y attacha un bout de la corde qu'il avait apportée, et laissa pendre l'autre bout, puis il se mit à descendre avec les mains le long de cette corde, et alors ce fut une inexprimable angoisse, au lieu d'un homme suspendu sur le gouffre, on en vit deux.

On eût dit une araignée venant saisir une mouche ; seulement ici l'araignée apportait la vie et non la mort. Dix mille regards étaient fixés sur ce groupe. Pas un cri, pas une parole, le même frémissement fronçait tous les sourcils. Toutes les bouches retenaient leur haleine, comme si elles eussent craint d'ajouter le moindre souffle au vent qui secouait les deux misérables.

Cependant le forçat était parvenu à s'affaler près du matelot. Il était temps ; une minute de plus, l'homme, épuisé et désespéré, se laissait tomber dans l'abîme ; le forçat l'avait amarré solidement avec la corde à laquelle il se tenait d'une

1. ***Officier de quart*** : officier qui se trouve de service (assuré à tour de rôle).
2. ***Haubans*** : cordages maintenant un mât.

main pendant qu'il travaillait de l'autre. Enfin on le vit remonter sur la vergue et y haler[1] le matelot ; il le soutint là un instant pour lui laisser reprendre ses forces, puis il le saisit dans ses bras et le porta en marchant sur la vergue jusqu'au chouquet[2], et de là dans la hune[3] où il le laissa dans les mains de ses camarades.

À cet instant la foule applaudit ; il y eut de vieux argousins de chiourme qui pleurèrent, les femmes s'embrassaient sur le quai ; et l'on entendit toutes les voix crier avec une sorte de fureur attendrie : La grâce de cet homme !

Lui, cependant, s'était mis en devoir de redescendre immédiatement pour rejoindre sa corvée. Pour être plus promptement arrivé, il se laissa glisser dans le gréement et se mit à courir sur une basse vergue. Tous les yeux le suivaient. À un certain moment, on eut peur ; soit qu'il fût fatigué, soit que la tête lui tournât, on crut le voir hésiter et chanceler. Tout à coup la foule poussa un grand cri, le forçat venait de tomber à la mer.

La chute était périlleuse. La frégate[4] l'*Algésiras* était mouillée[5] auprès de l'*Orion*, et le pauvre galérien était tombé entre les deux navires. Il était à craindre qu'il ne glissât sous l'un ou sous l'autre. Quatre hommes se jetèrent en hâte dans une embarcation. La foule les encourageait, l'anxiété était de nouveau dans toutes les âmes. L'homme n'était pas remonté à la surface. Il avait disparu dans la mer sans y faire un pli, comme s'il fût tombé dans une tonne d'huile. On sonda, on plongea. Ce fut en vain. On chercha jusqu'au soir ; on ne retrouva pas même le corps.

Le lendemain, le journal de Toulon imprimait ces quelques lignes : – « 17 novembre 1823. – Hier, un forçat, de corvée à bord de l'*Orion*, en revenant de porter secours à un ma-

---

1. ***Haler*** : tirer.
2. ***Chouquet*** : pièce de bois d'un mât.
3. ***Hune*** : plate-forme aménagée sur un mât.
4. ***Frégate*** : bateau de guerre.
5. ***Mouillée*** : se dit d'une embarcation qui a jeté l'ancre.

telot, est tombé à la mer et s'est noyé. On n'a pu retrouver son cadavre. On présume qu'il se sera engagé sous les pilotis[1] de la pointe de l'Arsenal. Cet homme était écroué[2] sous le n° 9430 et se nommait Jean Valjean. »

2

Accomplissement de la promesse faite à la morte

Montfermeil est situé entre Livry et Chelles, sur la lisière méridionale de ce haut plateau qui sépare l'Ourque de la Marne. […] C'était un endroit paisible et charmant, qui n'était sur la route de rien ; on y vivait à bon marché de cette vie paysanne si abondante et si facile. Seulement l'eau y était rare à cause de l'élévation du plateau.

Il fallait aller la chercher assez loin. Le bout du village qui est du côté de Gagny puisait son eau aux magnifiques étangs qu'il y a là dans les bois ; l'autre bout, qui entoure l'église et qui est du côté de Chelles, ne trouvait d'eau potable qu'à une petite source à mi-côte, près de la route de Chelles, à environ un quart d'heure de Montfermeil.

C'était donc une assez rude besogne pour chaque ménage que cet approvisionnement de l'eau. Les grosses maisons, l'aristocratie, la gargote Thénardier en faisaient partie, payaient un liard[3] par seau d'eau à un bonhomme dont c'était l'état et qui gagnait à cette entreprise des eaux de Montfermeil environ huit sous par jour, mais ce bonhomme ne travaillait que jusqu'à sept heures du soir l'été et jusqu'à cinq heures l'hiver, et une fois la nuit venue,

---

1. ***Pilotis*** : pieux enfoncés sous terre pour servir de fondations à une construction sur l'eau.

2. ***Écroué*** : emprisonné.

3. ***Liard*** : monnaie ancienne de très peu de valeur.

une fois les volets des rez-de-chaussée clos, qui n'avait pas d'eau à boire en allait chercher ou s'en passait.

C'était là la terreur de ce pauvre être que le lecteur n'a peut-être pas oublié, de la petite Cosette. On se souvient que Cosette était utile aux Thénardier de deux manières, ils se faisaient payer par la mère et ils se faisaient servir par l'enfant. Aussi quand la mère cessa tout à fait de payer, on vient de lire pourquoi dans les chapitres précédents, les Thénardier gardèrent Cosette. Elle leur remplaçait une servante. En cette qualité, c'était elle qui courait chercher de l'eau quand il en fallait. Aussi l'enfant, fort épouvantée de l'idée d'aller à la source la nuit, avait-elle grand soin que l'eau ne manquât jamais à la maison. [...]

[Le soir de Noël, à la nuit tombée, les Thénardier envoient Cosette chercher de l'eau et du pain ; ils lui confient une pièce de quinze sous pour qu'elle achète du pain chez le boulanger.]

Comme l'auberge Thénardier était dans cette partie du village qui est près de l'église, c'était à la source du bois du côté de Chelles que Cosette devait aller puiser de l'eau.

Elle ne regarda plus un seul étalage de marchand. Tant qu'elle fut dans la ruelle du Boulanger et dans les environs de l'église, les boutiques illuminées éclairaient le chemin, mais bientôt la dernière lueur de la dernière baraque disparut. La pauvre enfant se trouva dans l'obscurité. Elle s'y enfonça. Seulement, comme une certaine émotion la gagnait, tout en marchant elle agitait le plus qu'elle pouvait l'anse du seau. Cela faisait un bruit qui lui tenait compagnie.

Plus elle cheminait, plus les ténèbres devenaient épaisses. Il n'y avait plus personne dans les rues. Pourtant, elle rencontra une femme qui se retourna en la voyant passer, et qui resta immobile, marmottant entre ses lèvres : Mais où peut donc aller cet enfant ? Est-ce que c'est un enfant-garou ? Puis la femme reconnut Cosette.

– Tiens, dit-elle, c'est l'Alouette !

Cosette traversa ainsi le labyrinthe de rues tortueuses et désertes qui termine du côté de Chelles le village de Montfermeil. Tant qu'elle eut des maisons et même seulement des murs des deux côtés de son chemin, elle alla assez hardiment. De temps en temps, elle voyait le rayonnement d'une chandelle à travers la fente d'un volet, c'était de la lumière et de la vie, il y avait là des gens, cela la rassurait. Cependant, à mesure qu'elle avançait, sa marche se ralentissait comme machinalement. Quand elle eut passé l'angle de la dernière maison, Cosette s'arrêta. Aller au-delà de la dernière boutique avait été difficile ; aller plus loin que la dernière maison, cela devenait impossible. Elle posa le seau à terre, plongea sa main dans ses cheveux et se mit à se gratter lentement la tête, geste propre aux enfants terrifiés et indécis. Ce n'était plus Montfermeil, c'était les champs. L'espace noir et désert était devant elle. Elle regarda avec désespoir cette obscurité où il n'y avait plus personne, où il y avait des bêtes, où il y avait peut-être des revenants. Elle regarda bien, et elle entendit les bêtes qui marchaient dans l'herbe, et elle vit distinctement les revenants qui remuaient dans les arbres. Alors elle ressaisit le seau, la peur lui donnait de l'audace : – Bah ! dit-elle, je lui dirai qu'il n'y avait plus d'eau ! – Et elle rentra résolument dans Montfermeil.

À peine eut-elle fait cent pas qu'elle s'arrêta encore, et se remit à se gratter la tête. Maintenant, c'était la Thénardier qui lui apparaissait ; la Thénardier hideuse avec sa bouche d'hyène et la colère flamboyante dans les yeux. L'enfant jeta un regard lamentable en avant et en arrière. Que faire ? que devenir ? où aller ? Devant elle le spectre de la Thénardier ; derrière elle tous les fantômes de la nuit et des bois. Ce fut devant la Thénardier qu'elle recula. Elle reprit le chemin de la source et se mit à courir. Elle sortit du village en courant, elle entra dans le bois en courant, ne regardant plus rien, n'écoutant plus rien. Elle n'arrêta sa course que lorsque la respiration lui manqua, mais elle n'interrompit point sa marche. Elle allait devant elle, éperdue.

Tout en courant elle avait envie de pleurer.

Le frémissement nocturne de la forêt l'enveloppait tout entière.

Elle ne pensait plus, elle ne voyait plus. L'immense nuit faisait face à ce petit être. D'un côté, toute l'ombre ; de l'autre, un atome.

Il n'y avait que sept ou huit minutes de la lisière du bois à la source. Cosette connaissait le chemin pour l'avoir fait plusieurs fois le jour. Chose étrange, elle ne se perdit pas. Un reste d'instinct la conduisit vaguement. Elle ne jetait cependant les yeux ni à droite ni à gauche, de crainte de voir des choses dans les branches et dans les broussailles. Elle arriva ainsi à la source.

C'était une étroite cuve naturelle creusée par l'eau dans un sol glaiseux, profonde d'environ deux pieds, entourée de mousse et de ces grandes herbes gaufrées qu'on appelle collerettes de Henri IV, et pavée de quelques grosses pierres. Un ruisseau s'en échappait avec un petit bruit tranquille.

Cosette ne prit pas le temps de respirer. Il faisait très noir, mais elle avait l'habitude de venir à cette fontaine. Elle chercha de la main gauche dans l'obscurité un jeune chêne incliné sur la source qui lui servait ordinairement de point d'appui, rencontra une branche, s'y suspendit, se pencha et plongea le seau dans l'eau. Elle était dans un moment si violent que ses forces étaient triplées. Pendant qu'elle était ainsi penchée, elle ne fit pas attention que la poche de son tablier se vidait dans la source. La pièce de quinze sous tomba dans l'eau. Cosette ne la vit ni ne l'entendit tomber. Elle retira le seau presque plein et le posa sur l'herbe.

Cela fait, elle s'aperçut qu'elle était épuisée de lassitude. Elle eût bien voulu repartir tout de suite ; mais l'effort de remplir le seau avait été tel qu'il lui fut impossible de faire un pas. Elle fut bien forcée de s'asseoir. Elle se laissa tomber sur l'herbe et y demeura accroupie. [...]

Sans se rendre compte de ce qu'elle éprouvait, Cosette se sentait saisir par cette énormité noire de la nature. Ce n'était plus seulement de la terreur qui la gagnait, c'était quelque chose de plus terrible même que la terreur. Elle frissonnait. Les expressions manquent pour dire ce qu'avait d'étrange ce frisson qui la glaçait jusqu'au fond du cœur. Son œil était devenu farouche. Elle croyait sentir qu'elle ne pourrait peut-être pas s'empêcher de revenir là à la même heure le lendemain.

Alors, par une sorte d'instinct, pour sortir de cet état singulier qu'elle ne comprenait pas, mais qui l'effrayait, elle se mit à compter à haute voix un, deux, trois, quatre, jusqu'à dix, et quand elle eut fini, elle recommença. Cela lui rendit la perception vraie des choses qui l'entouraient. Elle sentit le froid à ses mains qu'elle avait mouillées en puisant de l'eau. Elle se leva. La peur lui était revenue, une peur naturelle et insurmontable. Elle n'eut plus qu'une pensée, s'enfuir ; s'enfuir à toutes jambes, à travers bois, à travers champs, jusqu'aux maisons, jusqu'aux fenêtres, jusqu'aux chandelles allumées. Son regard tomba sur le seau qui était devant elle. Tel était l'effroi que lui inspirait la Thénardier qu'elle n'osa pas s'enfuir sans le seau d'eau. Elle saisit l'anse à deux mains. Elle eut de la peine à soulever le seau.

Elle fit ainsi une douzaine de pas, mais le seau était plein, il était lourd, elle fut forcée de le reposer à terre. Elle respira un instant, puis elle enleva l'anse de nouveau, et se remit à marcher cette fois un peu plus longtemps. Mais il fallut s'arrêter encore. Après quelques secondes de repos, elle repartit. Elle marchait penchée en avant, la tête baissée, comme une vieille ; le poids du seau tendait et roidissait ses bras maigres. L'anse de fer achevait d'engourdir et de geler ses petites mains mouillées ; de temps en temps elle était forcée de s'arrêter, et chaque fois qu'elle s'arrêtait, l'eau froide qui débordait du seau tombait sur ses jambes nues. Cela se passait au fond d'un bois, la nuit, en hiver, loin de tout regard humain ; c'était un enfant de huit ans ; il n'y avait que Dieu en ce moment qui voyait cette chose triste.

Et sans doute sa mère, hélas !

Car il est des choses qui font ouvrir les yeux aux mortes dans leur tombeau.

Elle soufflait avec une sorte de râlement douloureux ; des sanglots lui serraient la gorge, mais elle n'osait pas pleurer, tant elle avait peur de la Thénardier, même loin. C'était son habitude de se figurer toujours que la Thénardier était là.

Cependant elle ne pouvait pas faire beaucoup de chemin de la sorte, et elle allait bien lentement. Elle avait beau diminuer la durée des stations et marcher entre chaque le plus longtemps possible. Elle pensait avec angoisse qu'il lui faudrait plus d'une heure pour retourner ainsi à Montfermeil et que la Thénardier la battrait. Cette angoisse se mêlait à son épouvante d'être seule dans le bois la nuit. Elle était harassée de fatigue et n'était pas encore sortie de la forêt. Parvenue près d'un vieux châtaignier qu'elle connaissait, elle fit une dernière halte plus longue que les autres pour se bien reposer, puis elle rassembla toutes ses forces, reprit le seau et se remit à marcher courageusement. Cependant le pauvre petit être désespéré ne put s'empêcher de s'écrier : Ô mon Dieu ! mon Dieu !

En ce moment, elle sentit tout à coup que le seau ne pesait plus rien. Une main, qui lui parut énorme, venait de saisir l'anse et la soulevait vigoureusement. Elle leva la tête. Une grande forme noire, droite et debout, marchait auprès d'elle dans l'obscurité. C'était un homme qui était arrivé derrière elle et qu'elle n'avait pas entendu venir. Cet homme, sans dire un mot, avait empoigné l'anse du seau qu'elle portait.

Il y a des instincts pour toutes les rencontres de la vie.

L'enfant n'eut pas peur. […]

L'homme lui adressa la parole. Il parlait d'une voix grave et presque basse :

– Mon enfant, c'est bien lourd pour vous ce que vous portez là.

Cosette leva la tête et répondit :

– Oui, monsieur.

– Donnez, reprit l'homme, je vais vous le porter.

Cosette lâcha le seau. L'homme se mit à cheminer près d'elle.

– C'est très lourd, en effet, dit-il entre ses dents.

Puis il ajouta :

– Petite, quel âge as-tu ?

– Huit ans, monsieur.

– Et viens-tu de loin comme cela ?

– De la source qui est dans le bois.

– Et est-ce loin où tu vas ?

– À un bon quart d'heure d'ici.

L'homme resta un moment sans parler, puis il dit brusquement :

– Tu n'as donc pas de mère ?

– Je ne sais pas, répondit l'enfant.

Avant que l'homme eût eu le temps de reprendre la parole, elle ajouta :

– Je ne crois pas. Les autres en ont. Moi, je n'en ai pas.

Et après un silence, elle reprit :

– Je crois que je n'en ai jamais eu.

L'homme s'arrêta, il posa le seau à terre, se pencha et mit ses deux mains sur les deux épaules de l'enfant, faisant effort pour la regarder et voir son visage dans l'obscurité.

La figure maigre et chétive de Cosette se dessinait vaguement à la lueur livide du ciel.

– Comment t'appelles-tu ? dit l'homme.

– Cosette.

L'homme eut comme une secousse électrique. Il la regarda encore, puis il ôta ses mains de dessus les épaules de Cosette, saisit le seau, et se remit à marcher.

Au bout d'un instant, il demanda :

– Petite, où demeures-tu ?

– À Montfermeil, si vous connaissez.

– C'est là que nous allons ?

– Oui, monsieur.

Il fit encore une pause, puis recommença :

– Qui est-ce donc qui t'a envoyée à cette heure chercher de l'eau dans le bois ?

– C'est madame Thénardier.

L'homme repartit d'un son de voix qu'il voulait s'efforcer de rendre indifférent, mais où il y avait pourtant un tremblement singulier :

– Qu'est-ce qu'elle fait, ta madame Thénardier ?

– C'est ma bourgeoise, dit l'enfant. Elle tient l'auberge.

– L'auberge ? dit l'homme. Eh bien, je vais aller y loger cette nuit. – Conduis-moi.

– Nous y allons, dit l'enfant.

L'homme marchait assez vite. Cosette le suivait sans peine. Elle ne sentait plus la fatigue. De temps en temps, elle levait les yeux vers cet homme avec une sorte de tranquillité et d'abandon inexprimable. Jamais on ne lui avait appris à se tourner vers la Providence et à prier. Cependant elle sentait en elle quelque chose qui ressemblait à de l'espérance et à de la joie et qui s'en allait vers le ciel.

Quelques minutes s'écoulèrent. L'homme reprit :

– Est-ce qu'il n'y a pas de servante chez madame Thénardier ?

– Non, monsieur.

– Est-ce que tu es seule ?

– Oui, monsieur.

Il y eut encore une interruption. Cosette éleva la voix :

– C'est-à-dire il y a deux petites filles.

– Quelles petites filles ?

– Ponine et Zelma.

L'enfant simplifiait de la sorte les noms romanesques chers à la Thénardier.

– Qu'est-ce que c'est que Ponine et Zelma ?

– Ce sont les demoiselles de madame Thénardier, comme qui dirait ses filles.

– Et que font-elles, celles-là ?

– Oh ! dit l'enfant, elles ont de belles poupées, des choses où il y a de l'or, tout plein d'affaires. Elles jouent, elles s'amusent.

– Toute la journée ?

– Oui, monsieur.

– Et toi ?

– Moi, je travaille.

– Toute la journée ?

L'enfant leva ses grands yeux où il y avait une larme, qu'on ne voyait pas à cause de la nuit, et répondit doucement :

– Oui, monsieur.

Elle poursuivit après un intervalle de silence :

– Des fois, quand j'ai fini l'ouvrage et qu'on veut bien, je m'amuse aussi.

– Comment t'amuses-tu ?

– Comme je peux. On me laisse. Mais je n'ai pas beaucoup de joujoux. Ponine et Zelma ne veulent pas que je joue avec leurs poupées. Je n'ai qu'un petit sabre en plomb, pas plus long que ça.

L'enfant montrait son petit doigt.

– Et qui ne coupe pas ?

– Si, monsieur, dit l'enfant, ça coupe la salade et les têtes de mouches.

Ils atteignirent le village ; Cosette guida l'étranger dans les rues. Ils passèrent devant la boulangerie, mais Cosette ne songea pas au pain qu'elle devait rapporter. L'homme avait cessé de lui faire des questions et gardait maintenant un silence morne. Quand ils eurent laissé l'église derrière eux, l'homme voyant toutes ces boutiques en plein vent, demanda à Cosette :

– C'est donc la foire ici ?

– Non, monsieur, c'est Noël.

Comme ils approchaient de l'auberge, Cosette lui toucha le bras timidement :

– Monsieur ?

– Quoi, mon enfant ?

– Nous voilà tout près de la maison.

– Eh bien ?

– Voulez-vous me laisser reprendre le seau à présent ?

– Pourquoi ?

– C'est que si madame voit qu'on me l'a porté, elle me battra.

L'homme lui remit le seau. Un instant après ils étaient à la porte de la gargote.

Cosette ne put s'empêcher de jeter un regard de côté à la grande poupée toujours étalée chez le bimbelotier[1], puis elle frappa. La porte s'ouvrit. La Thénardier parut une chandelle à la main.

– Ah ! c'est toi, petite gueuse ! Dieu merci, tu y as mis le temps ! elle se sera amusée, la drôlesse !

– Madame, dit Cosette toute tremblante, voilà un monsieur qui vient loger.

La Thénardier remplaça bien vite sa mine bourrue par sa grimace aimable, changement à vue propre aux aubergistes, et chercha avidement des yeux le nouveau venu.

– C'est monsieur ? dit-elle.

– Oui, madame, répondit l'homme en portant la main à son chapeau.

Les voyageurs riches ne sont pas si polis. Ce geste et l'inspection du costume et du bagage de l'étranger que la Thénardier passa en revue d'un coup d'œil, firent évanouir la grimace aimable et reparaître la mine bourrue. Elle reprit sèchement :

1. ***Bimbelotier*** : personne qui vend ou fabrique des bibelots. (En sortant chercher l'eau, Cosette était restée en admiration devant une poupée aperçue dans la vitrine.)

– Entrez, bonhomme.

Le « bonhomme » entra. La Thénardier lui jeta un second coup d'œil, examina particulièrement sa redingote qui était absolument râpée et son chapeau qui était un peu défoncé, et consulta d'un hochement de tête, d'un froncement de nez et d'un clignement d'yeux, son mari, lequel buvait toujours avec les rouliers. Le mari répondit par cette imperceptible agitation de l'index qui, appuyée du gonflement des lèvres, signifie en pareil cas : débine [1] complète. Sur ce, la Thénardier s'écria :

– Ah çà, brave homme, je suis bien fâchée, mais c'est que je n'ai plus de place.

– Mettez-moi où vous voudrez, dit l'homme, au grenier, à l'écurie. Je paierai comme si j'avais une chambre.

– Quarante sous.

– Quarante sous. Soit.

– À la bonne heure.

– Quarante sous ! dit un roulier bas à la Thénardier, mais ce n'est que vingt sous.

– C'est quarante sous pour lui, répliqua la Thénardier du même ton. Je ne loge pas des pauvres à moins.

– C'est vrai, ajouta le mari avec douceur, ça gâte une maison d'y avoir de ce monde-là.

Cependant l'homme, après avoir laissé sur un banc son paquet et son bâton, s'était assis à une table où Cosette s'était empressée de poser une bouteille de vin et un verre. Le marchand qui avait demandé le seau d'eau, était allé lui-même le porter à son cheval. Cosette avait repris sa place sous la table de cuisine et son tricot.

L'homme, qui avait à peine trempé ses lèvres dans le verre de vin qu'il s'était versé, considérait l'enfant avec une attention étrange.

---

1. ***Débine*** : misère.

Cosette était laide. Heureuse, elle eût peut-être été jolie. Nous avons déjà esquissé cette petite figure sombre. Cosette était maigre et blême, elle avait près de huit ans ; on lui en eût donné à peine six. Ses grands yeux enfoncés dans une sorte d'ombre étaient presque éteints à force d'avoir pleuré. Les coins de sa bouche avaient cette courbe de l'angoisse habituelle, qu'on observe chez les condamnés et chez les malades désespérés. Ses mains étaient, comme sa mère l'avait deviné, « perdues d'engelures ». Le feu qui l'éclairait en ce moment faisait saillir les angles de ses os et rendait sa maigreur affreusement visible. Comme elle grelottait toujours, elle avait pris l'habitude de serrer ses deux genoux l'un contre l'autre. Tout son vêtement n'était qu'un haillon qui eût fait pitié l'été et qui faisait horreur l'hiver. Elle n'avait sur elle que de la toile trouée ; pas un chiffon de laine. On voyait sa peau çà et là, et l'on y distinguait partout des taches bleues ou noires qui indiquaient les endroits où la Thénardier l'avait touchée. Ses jambes nues étaient rouges et grêles. Le creux de ses clavicules était à faire pleurer. Toute la personne de cette enfant, son allure, son attitude, le son de sa voix, ses intervalles entre un mot et l'autre, son regard, son silence, son moindre geste, exprimaient et traduisaient une seule idée : la crainte.

La crainte était répandue sur elle ; elle en était pour ainsi dire couverte ; la crainte ramenait ses coudes contre ses hanches, retirait ses talons sous ses jupes, lui faisait tenir le moins de place possible, ne lui laissait de souffle que le nécessaire, et était devenue ce qu'on pourrait appeler son habitude de corps, sans variation possible que d'augmenter. Il y avait au fond de sa prunelle un coin étonné où était la terreur.

Cette crainte était telle qu'en arrivant, toute mouillée comme elle était, Cosette n'avait pas osé s'aller sécher au feu et s'était remise silencieusement à son travail.

L'expression du regard de cette enfant de huit ans était habituellement si morne et parfois si tragique qu'il semblait, à de certains moments, qu'elle fût en train de devenir une idiote ou un démon.

Jamais, nous l'avons dit, elle n'avait su ce que c'est que prier, jamais elle n'avait mis le pied dans une église.

– Est-ce que j'ai le temps ? disait la Thénardier.

L'homme à la redingote jaune ne quittait pas Cosette des yeux.

Tout à coup la Thénardier s'écria :

– À propos ! et ce pain ?

Cosette, selon sa coutume toutes les fois que la Thénardier élevait la voix, sortit bien vite de dessous la table.

Elle avait complètement oublié ce pain. Elle eut recours à l'expédient [1] des enfants toujours effrayés. Elle mentit.

– Madame, le boulanger était fermé.

– Il fallait cogner.

– J'ai cogné, madame.

– Eh bien ?

– Il n'a pas ouvert.

– Je saurai demain si c'est vrai, dit la Thénardier, et si tu mens, tu auras une fière danse. En attendant, rends-moi la pièce-quinze-sous.

Cosette plongea sa main dans la poche de son tablier, et devint verte. La pièce de quinze sous n'y était plus.

– Ah çà ! dit la Thénardier, m'as-tu entendue ?

Cosette retourna la poche ; il n'y avait rien. Qu'est-ce que cet argent pouvait être devenu ? La malheureuse petite ne trouva pas une parole. Elle était pétrifiée.

– Est-ce que tu l'as perdue, la pièce-quinze-sous ? râla la Thénardier, ou bien est-ce que tu veux me la voler ?

En même temps elle allongea le bras vers le martinet suspendu à l'angle de la cheminée.

---

1. ***Expédient*** : moyen, recours.

Ce geste redoutable rendit à Cosette la force de crier :

– Grâce ! madame ! madame ! je ne le ferai plus.

La Thénardier détacha le martinet.

Cependant l'homme à la redingote jaune avait fouillé dans le gousset[1] de son gilet, sans qu'on eût remarqué ce mouvement. D'ailleurs les autres voyageurs buvaient ou jouaient aux cartes et ne faisaient attention à rien.

Cosette se pelotonnait avec angoisse dans l'angle de la cheminée, tâchant de ramasser et de dérober ses pauvres membres demi-nus. La Thénardier leva le bras.

– Pardon, madame, dit l'homme, mais tout à l'heure j'ai vu quelque chose qui est tombé de la poche du tablier de cette petite et qui a roulé. C'est peut-être cela.

En même temps il se baissa et parut chercher à terre un instant.

– Justement, voici, reprit-il en se relevant.

Et il tendit une pièce d'argent à la Thénardier.

– Oui, c'est cela, dit-elle.

Ce n'était pas cela, car c'était une pièce de vingt sous, mais la Thénardier y trouvait du bénéfice. Elle mit la pièce dans sa poche, et se borna à jeter un regard farouche à l'enfant en disant : – Que cela ne t'arrive plus, toujours !

Cosette rentra dans ce que la Thénardier appelait « sa niche », et son grand œil, fixé sur le voyageur inconnu, commença à prendre une expression qu'il n'avait jamais eue. Ce n'était encore qu'un naïf étonnement, mais une sorte de confiance stupéfaite s'y mêlait.

– À propos, voulez-vous souper ? demanda la Thénardier au voyageur.

Il ne répondit pas. Il semblait songer profondément.

– Qu'est-ce que c'est que cet homme-là ? dit-elle entre ses dents. C'est quelque affreux pauvre. Cela n'a pas le sou pour

---

1. ***Gousset*** : poche de devant d'un habit.

souper. Me paiera-t-il mon logement seulement ? Il est bien heureux tout de même qu'il n'ait pas eu l'idée de voler l'argent qui était à terre.

Cependant une porte s'était ouverte et Éponine et Azelma étaient entrées.

C'étaient vraiment deux jolies petites filles, plutôt bourgeoises que paysannes, très charmantes, l'une avec ses tresses châtaines bien lustrées, l'autre avec ses longues nattes noires tombant derrière le dos, toutes deux vives, propres, grasses, fraîches et saines à réjouir le regard. Elles étaient chaudement vêtues, mais avec un tel art maternel, que l'épaisseur des étoffes n'ôtait rien à la coquetterie de l'ajustement. L'hiver était prévu sans que le printemps fût effacé. Ces deux petites dégageaient de la lumière. En outre, elles étaient régnantes. Dans leur toilette, dans leur gaieté, dans le bruit qu'elles faisaient, il y avait de la souveraineté. Quand elles entrèrent, la Thénardier leur dit d'un ton grondeur, qui était plein d'adoration : – Ah ! vous voilà donc, vous autres ! [...]

Elles vinrent s'asseoir au coin du feu. Elles avaient une poupée qu'elles tournaient et retournaient sur leurs genoux avec toutes sortes de gazouillements joyeux. De temps en temps, Cosette levait les yeux de son tricot, et les regardait jouer d'un air lugubre.

Éponine et Azelma ne regardaient pas Cosette. C'était pour elles comme le chien. Ces trois petites filles n'avaient pas vingt-quatre ans à elles trois, et elles représentaient déjà toute la société des hommes ; d'un côté l'envie, de l'autre le dédain.

La poupée des sœurs Thénardier était très fanée et très vieille et toute cassée, mais elle n'en paraissait pas moins admirable à Cosette, qui de sa vie n'avait eu une poupée, *une vraie poupée*, pour nous servir d'une expression que tous les enfants comprendront.

Tout à coup, la Thénardier, qui continuait d'aller et de venir dans la salle, s'aperçut que Cosette avait des distractions et qu'au lieu de travailler, elle s'occupait des petites qui jouaient.

– Ah ! je t'y prends ! cria-t-elle. C'est comme cela que tu travailles ! Je vais te faire travailler à coups de martinet, moi.

L'étranger, sans quitter sa chaise, se tourna vers la Thénardier.

– Madame, dit-il en souriant d'un air presque craintif, bah ! laissez-la jouer !

De la part de tout voyageur qui eût mangé une tranche de gigot et bu deux bouteilles de vin à son souper et qui n'eût pas eu l'air d'*un affreux pauvre*, un pareil souhait eût été un ordre. Mais qu'un homme qui avait ce chapeau se permît d'avoir un désir et qu'un homme qui avait cette redingote se permît d'avoir une volonté, c'est ce que la Thénardier ne crut pas devoir tolérer. Elle repartit aigrement :

– Il faut qu'elle travaille, puisqu'elle mange. Je ne la nourris pas à rien faire.

– Qu'est-ce qu'elle fait donc ? reprit l'étranger de cette voix douce qui contrastait si étrangement avec ses habits de mendiant et ses épaules de portefaix[1].

La Thénardier daigna répondre :

– Des bas, s'il vous plaît. Des bas pour mes petites filles qui n'en ont pas, autant dire, et qui vont tout à l'heure pieds nus.

L'homme regarda les pauvres pieds rouges de Cosette, et continua :

– Quand aura-t-elle fini cette paire de bas ?

– Elle en a encore au moins pour trois ou quatre grands jours, la paresseuse.

– Et combien peut valoir cette paire de bas, quand elle sera faite ?

La Thénardier lui jeta un coup d'œil méprisant.

– Au moins trente sous.

– La donneriez-vous pour cinq francs ? reprit l'homme.

---

1. ***Portefaix*** : porteur.

– Pardieu ! s'écria avec un gros rire un roulier qui écoutait, cinq francs ? Je crois fichtre bien ! cinq balles !

Le Thénardier crut devoir prendre la parole.

– Oui, monsieur, si c'est votre fantaisie, on vous donnera cette paire de bas pour cinq francs. Nous ne savons rien refuser aux voyageurs.

– Il faudrait payer tout de suite, dit la Thénardier avec sa façon brève et péremptoire[1].

– J'achète cette paire de bas, répondit l'homme, et, ajouta-t-il en tirant de sa poche une pièce de cinq francs qu'il posa sur la table, – je la paie.

Puis il se tourna vers Cosette.

– Maintenant ton travail est à moi. Joue, mon enfant.

Le roulier fut si ému de la pièce de cinq francs, qu'il laissa là son verre et accourut.

– C'est pourtant vrai ! cria-t-il en l'examinant. Une vraie roue de derrière ! et pas fausse !

Le Thénardier approcha et mit silencieusement la pièce dans son gousset.

La Thénardier n'avait rien à répliquer. Elle se mordit les lèvres, et son visage prit une expression de haine.

Cependant Cosette tremblait. Elle se risqua à demander :

– Madame, est-ce que c'est vrai ? est-ce que je peux jouer ?

– Joue ! dit la Thénardier d'une voix terrible.

– Merci, madame, dit Cosette.

Et, pendant que sa bouche remerciait la Thénardier, toute sa petite âme remerciait le voyageur.

Le Thénardier s'était remis à boire. Sa femme lui dit à l'oreille :

– Qu'est-ce que ça peut être que cet homme jaune ?

---

1. ***Péremptoire*** : autoritaire.

– J'ai vu, répondit souverainement Thénardier, des millionnaires qui avaient des redingotes comme cela.

Cosette avait laissé là son tricot, mais elle n'était pas sortie de sa place. Cosette bougeait toujours le moins possible. Elle avait pris dans une boîte derrière elle quelques vieux chiffons et son petit sabre de plomb. […]

Une petite fille sans poupée est à peu près aussi malheureuse et tout à fait aussi impossible qu'une femme sans enfants.

Cosette s'était donc fait une poupée avec le sabre.

La Thénardier, elle, s'était rapprochée de l'*homme jaune*. – Mon mari a raison, pensait-elle, c'est peut-être monsieur Laffitte. Il y a des riches si farces !

Elle vint s'accouder à sa table.

– Monsieur, dit-elle…

À ce mot *monsieur*, l'homme se retourna. La Thénardier ne l'avait encore appelé que *brave homme* ou *bonhomme*.

– Voyez-vous, monsieur, poursuivit-elle en prenant son air douceâtre qui était encore plus fâcheux à voir que son air féroce, je veux bien que l'enfant joue, je ne m'y oppose pas, mais c'est bon pour une fois, parce que vous êtes généreux. Voyez-vous ? cela n'a rien. Il faut que cela travaille.

– Elle n'est donc pas à vous, cette enfant ? demanda l'homme.

– Oh, mon Dieu, non, monsieur ! c'est une petite pauvre que nous avons recueillie comme cela, par charité. Une espèce d'enfant imbécile. Elle doit avoir de l'eau dans la tête. Elle a la tête grosse, comme vous voyez. Nous faisons pour elle ce que nous pouvons, car nous ne sommes pas riches. Nous avons beau écrire à son pays, voilà six mois qu'on ne nous répond plus. Il faut croire que sa mère est morte.

– Ah ! dit l'homme, et il retomba dans sa rêverie.

– C'était une pas grand-chose que cette mère, ajouta la Thénardier. Elle abandonnait son enfant.

Pendant toute cette conversation, Cosette, comme si un instinct l'eût avertie qu'on parlait d'elle, n'avait pas quitté des yeux la Thénardier. Elle écoutait vaguement. Elle entendait çà et là quelques mots. […]

Tout à coup Cosette s'interrompit. Elle venait de se retourner et d'apercevoir la poupée des petites Thénardier qu'elles avaient quittée pour le chat et laissée à terre à quelques pas de la table de cuisine.

Alors elle laissa tomber le sabre emmailloté qui ne lui suffisait qu'à demi, puis elle promena lentement ses yeux autour de la salle. La Thénardier parlait bas à son mari, et comptait de la monnaie, Ponine et Zelma jouaient avec le chat, les voyageurs mangeaient ou buvaient, ou chantaient, aucun regard n'était fixé sur elle. Elle n'avait pas un moment à perdre. Elle sortit de dessous la table en rampant sur les genoux et sur les mains, s'assura encore une fois qu'on ne la guettait pas, puis se glissa vivement jusqu'à la poupée, et la saisit. Un instant après elle était à sa place, assise, immobile, tournée seulement de manière à faire de l'ombre sur la poupée qu'elle tenait dans ses bras. Ce bonheur de jouer avec une poupée était tellement rare pour elle qu'il avait toute la violence d'une volupté.

Personne ne l'avait vue, excepté le voyageur qui mangeait lentement son maigre souper.

Cette joie dura près d'un quart d'heure.

Mais quelque précaution que prît Cosette, elle ne s'apercevait pas qu'un des pieds de la poupée – *passait*[1], – et que le feu de la cheminée l'éclairait très vivement. Ce pied rose et lumineux qui sortait de l'ombre frappa subitement le regard d'Azelma qui dit à Éponine :

– Tiens ! ma sœur !

---

1. ***Passait*** : dépassait.

Les deux petites filles s'arrêtèrent, stupéfaites. Cosette avait osé prendre la poupée !

Éponine se leva, et sans lâcher le chat, alla vers sa mère et se mit à la tirer par sa jupe.

– Mais laisse-moi donc ! dit la mère. Qu'est-ce que tu me veux ?

– Mère, dit l'enfant, regarde donc !

Et elle désignait du doigt Cosette.

Cosette, elle, tout entière aux extases de la possession, ne voyait et n'entendait plus rien.

Le visage de la Thénardier prit cette expression particulière qui se compose du terrible mêlé aux riens de la vie et qui a fait nommer ces sortes de femmes : mégères.

Cette fois, l'orgueil blessé exaspérait encore sa colère. Cosette avait franchi tous les intervalles, Cosette avait attenté à la poupée de « ces demoiselles ». Une czarine [1] qui verrait un moujik [2] essayer le grand cordon bleu de son impérial fils, n'aurait pas une autre figure.

Elle cria d'une voix que l'indignation enrouait :

– Cosette !

Cosette tressaillit comme si la terre eût tremblé sous elle. Elle se retourna.

– Cosette ! répéta la Thénardier.

Cosette prit la poupée et la posa doucement à terre avec une sorte de vénération mêlée de désespoir. Alors, sans la quitter des yeux, elle joignit les mains, et, ce qui est effrayant à dire dans un enfant de cet âge, elle se les tordit ; puis, ce que n'avait pu lui arracher aucune des émotions de la journée, ni la course dans le bois, ni la pesanteur du seau d'eau, ni la perte de l'argent, ni la vue du martinet, ni même la sombre parole qu'elle avait entendu dire à la Thénardier, – elle pleura. Elle éclata en sanglots.

---

1. ***Czarine*** (ou tzarine) : impératrice de Russie.
2. ***Moujik*** : paysan russe.

Cependant le voyageur s'était levé.

– Qu'est-ce donc ? dit-il à la Thénardier.

– Vous ne voyez pas ? dit la Thénardier en montrant du doigt le corps du délit qui gisait aux pieds de Cosette.

– Hé bien, quoi ? reprit l'homme.

– Cette gueuse, répondit la Thénardier, s'est permis de toucher à la poupée des enfants !

– Tout ce bruit pour cela ! dit l'homme. Eh bien, quand elle jouerait avec cette poupée ?

– Elle y a touché avec ses mains sales ! poursuivit la Thénardier, avec ses affreuses mains !

Ici Cosette redoubla ses sanglots.

– Te tairas-tu ! cria la Thénardier.

L'homme alla droit à la porte de la rue, l'ouvrit et sortit.

Dès qu'il fut sorti, la Thénardier profita de son absence pour allonger sous la table à Cosette un grand coup de pied qui fit jeter à l'enfant les hauts cris.

La porte se rouvrit, l'homme reparut, il portait dans ses deux mains la poupée fabuleuse dont nous avons parlé et que tous les marmots du village contemplaient depuis le matin, et il la posa debout devant Cosette en disant :

– Tiens, c'est pour toi.

Il faut croire que, depuis plus d'une heure qu'il était là, au milieu de sa rêverie, il avait confusément remarqué cette boutique de bimbeloterie éclairée de lampions et de chandelles, si splendidement qu'on l'apercevait à travers la vitre du cabaret comme une illumination.

Cosette leva les yeux, elle avait vu venir l'homme à elle avec cette poupée comme elle eût vu venir le soleil, elle entendit ces paroles inouïes : *c'est pour toi*, elle le regarda, elle regarda la poupée, puis elle recula lentement, et s'alla cacher tout au fond sous la table dans le coin du mur.

Elle ne pleurait plus, elle ne criait plus, elle avait l'air de ne plus oser respirer.

La Thénardier, Éponine, Azelma, étaient autant de statues. Les buveurs eux-mêmes s'étaient arrêtés. Il s'était fait un silence solennel dans tout le cabaret.

La Thénardier, pétrifiée et muette, recommençait ses conjectures : – Qu'est-ce que c'est que ce vieux ? Est-ce un pauvre ? Est-ce un millionnaire ? C'est peut-être les deux, c'est-à-dire un voleur.

La face du mari Thénardier offrit cette ride expressive qui accentue la figure humaine chaque fois que l'instinct dominant y apparaît avec toute sa puissance bestiale. Le gargotier considérait tour à tour la poupée et le voyageur ; il semblait flairer cet homme comme il eût flairé un sac d'argent. Cela ne dura que le temps d'un éclair. Il s'approcha de sa femme et lui dit bas :

– Cette machine coûte au moins trente francs. Pas de bêtises. À plat ventre devant l'homme !

Les natures grossières ont cela de commun avec les natures naïves qu'elles n'ont pas de transitions.

– Eh bien, Cosette, dit la Thénardier d'une voix qui voulait être douce et qui était toute composée de ce miel aigre des méchantes femmes, est-ce que tu ne prends pas ta poupée ?

Cosette se hasarda à sortir de son trou.

– Ma petite Cosette, reprit le Thénardier d'un air caressant, monsieur te donne une poupée. Prends-la. Elle est à toi.

Cosette considérait la poupée merveilleuse avec une sorte de terreur. Son visage était encore inondé de larmes, mais ses yeux commençaient à s'emplir, comme le ciel au crépuscule du matin, des rayonnements étranges de la joie. Ce qu'elle éprouvait en ce moment-là était un peu pareil à ce qu'elle eût ressenti, si on lui eût dit brusquement : Petite, vous êtes la reine de France. […]

Cet étranger, cet inconnu qui avait l'air d'une visite que la Providence faisait à Cosette, était en ce moment-là ce que la Thénardier haïssait le plus au monde. Pourtant, il fallait se contraindre. C'était plus d'émotions qu'elle n'en pouvait supporter, si habituée qu'elle fût à la dissimulation par la copie qu'elle tâchait de faire de son mari dans toutes ses actions. Elle se hâta d'envoyer ses filles coucher, puis elle demanda à l'homme jaune, *la permission* d'y envoyer Cosette, – *qui a bien fatigué aujourd'hui*, ajouta-t-elle d'un air maternel. Cosette s'alla coucher emportant Catherine[1] entre ses bras. [...]

Plusieurs heures s'écoulèrent. La messe de minuit était dite, le réveillon était fini, les buveurs s'en étaient allés, le cabaret était fermé, la salle basse était déserte, le feu s'était éteint, l'étranger était toujours à la même place et dans la même posture. De temps en temps il changeait le coude sur lequel il s'appuyait. Voilà tout. Mais il n'avait pas dit un mot depuis que Cosette n'était plus là.

Les Thénardier seuls, par convenance et par curiosité, étaient restés dans la salle. [...]

Enfin Thénardier ôta son bonnet, s'approcha doucement, et s'aventura à dire :

– Est-ce que monsieur ne va pas reposer ?

Ne va pas se coucher lui eût semblé excessif et familier. *Reposer* sentait le luxe et était du respect. Ces mots-là ont la propriété mystérieuse et admirable de gonfler le lendemain matin le chiffre de la carte à payer. Une chambre où l'on *couche* coûte vingt sous ; une chambre où l'on *repose* coûte vingt francs.

– Tiens ! dit l'étranger, vous avez raison. Où est votre écurie ?

– Monsieur, fit le Thénardier avec un sourire, je vais conduire monsieur.

Il prit la chandelle, l'homme prit son paquet et son bâton, et Thénardier le mena dans une chambre au premier qui était d'une rare splendeur, toute meublée en acajou avec un lit-bateau et des rideaux en calicot rouge. [...]

De son côté le voyageur avait déposé dans un coin son bâton et son paquet. L'hôte parti, il s'assit sur un fauteuil et resta quelque temps pensif. Puis il ôta ses souliers, prit une des deux bougies, souffla l'autre, poussa la porte et sortit de la chambre, regardant

1. Catherine est le nom que Cosette a choisi pour sa poupée.

autour de lui comme quelqu'un qui cherche. Il traversa un corridor et parvint à l'escalier. Là il entendit un petit bruit très doux qui ressemblait à une respiration d'enfant. Il se laissa conduire par ce bruit et arriva à une espèce d'enfoncement triangulaire pratiqué sous l'escalier ou pour mieux dire formé par l'escalier même. Cet enfoncement n'était autre chose que le dessous des marches. Là, parmi toutes sortes de vieux paniers et de vieux tessons, dans la poussière et dans les toiles d'araignée, il y avait un lit ; si l'on peut appeler lit une paillasse trouée jusqu'à montrer la paille et une couverture trouée jusqu'à laisser voir la paillasse. Point de draps. Cela était posé à terre sur le carreau. Dans ce lit Cosette dormait.

L'homme s'approcha, et la considéra.

Cosette dormait profondément, elle était tout habillée. L'hiver elle ne se déshabillait pas pour avoir moins froid.

Elle tenait serrée contre elle la poupée dont les grands yeux ouverts brillaient dans l'obscurité. De temps en temps elle poussait un grand soupir comme si elle allait se réveiller, et elle étreignait la poupée dans ses bras presque convulsivement. [...]

[Le lendemain matin, l'homme propose aux Thénardier d'emmener Cosette. Thénardier accepte contre un dédommagement en argent.]

Le jour paraissait lorsque ceux des habitants de Montfermeil qui commençaient à ouvrir leurs portes, virent passer dans la rue de Paris un bonhomme pauvrement vêtu donnant la main à une petite fille toute en deuil qui portait une poupée rose dans ses bras. Ils se dirigeaient du côté de Livry.

C'était notre homme et Cosette.

Personne ne connaissait l'homme ; comme Cosette n'était plus en guenilles, beaucoup ne la reconnurent pas.

Cosette s'en allait. Avec qui ? elle l'ignorait. Où ? elle ne savait. Tout ce qu'elle comprenait, c'est qu'elle laissait derrière elle la gargote Thénardier. Personne n'avait songé à lui dire adieu, ni elle à dire adieu à personne. Elle sortait de cette maison, haïe et haïssant.

Pauvre doux être dont le cœur n'avait été jusqu'à cette heure que comprimé !

Cosette marchait gravement, ouvrant ses grands yeux et considérant le ciel. Elle avait mis son louis dans la poche de son tablier neuf. De temps en temps elle se penchait et lui jetait un coup d'œil, puis elle regardait le bonhomme. Elle sentait quelque chose comme si elle était près du bon Dieu. [...]

Jean Valjean n'était pas mort.

En tombant à la mer, ou plutôt en s'y jetant, il était, comme on l'a vu, sans fers. Il nagea entre deux eaux jusque sous un navire au mouillage, auquel était amarrée une embarcation. Il trouva moyen de se cacher dans cette embarcation jusqu'au soir. À la nuit, il se jeta de nouveau à la nage et atteignit la côte à peu de distance du cap Brun. Là, comme ce n'était pas l'argent qui lui manquait, il put se procurer des vêtements. Une guinguette [1] aux environs de Balaguier était alors le vestiaire des forçats évadés, spécialité lucrative [2]. Puis, Jean Valjean, comme tous ces tristes fugitifs qui tâchent de dépister le guet de la loi et la fatalité sociale, suivit un itinéraire obscur et ondulant. Il trouva un premier asile aux Pradeaux, près Beausset. Ensuite il se dirigea vers le Grand-Villard, près Briançon, dans les Hautes-Alpes. Fuite tâtonnante et inquiète, chemin de taupe dont les embranchements sont inconnus. On a pu, plus tard, retrouver quelque trace de son passage dans l'Ain sur le territoire de Civrieux, dans les Pyrénées à Accons au lieu dit la Grange-de-Doumecq, près du hameau de Chavailles, et dans les environs de Périgueux, à

1. ***Guinguette*** : café populaire où l'on danse.
2. ***Lucrative*** : qui rapporte de l'argent.

Brunies, canton de la Chapelle-Gonaguet. Il gagna Paris. On vient de le voir à Montfermeil.

Son premier soin, en arrivant à Paris, avait été d'acheter des habits de deuil pour une petite fille de sept à huit ans, puis de se procurer un logement. Cela fait, il s'était rendu à Montfermeil.

On se souvient que déjà, lors de sa précédente évasion, il y avait fait, ou dans les environs, un voyage mystérieux dont la justice avait eu quelque lueur.

Du reste on le croyait mort, et cela épaississait l'obscurité qui s'était faite sur lui. À Paris, il lui tomba sous la main un des journaux qui enregistraient le fait. Il se sentit rassuré et presque en paix comme s'il était réellement mort.

Le soir même du jour où Jean Valjean avait tiré Cosette des griffes des Thénardier, il rentrait dans Paris. Il y rentrait à la nuit tombante avec l'enfant, par la barrière de Monceaux. Là il monta dans un cabriolet[1] qui le conduisit à l'esplanade de l'Observatoire. Il y descendit, paya le cocher, prit Cosette par la main, et tous deux, dans la nuit noire, par les rues désertes qui avoisinent l'Ourcine et la Glacière, se dirigèrent vers le boulevard de l'Hôpital.

La journée avait été étrange et remplie d'émotions pour Cosette ; on avait mangé derrière des haies du pain et du fromage achetés dans des gargotes isolées ; on avait souvent changé de voitures, on avait fait des bouts de chemin à pied ; elle ne se plaignait pas, mais elle était fatiguée, et Jean Valjean s'en aperçut à sa main qu'elle tirait davantage en marchant. Il la prit sur son dos ; Cosette, sans lâcher Catherine, posa sa tête sur l'épaule de Jean Valjean, et s'y endormit.

1. ***Cabriolet*** : voiture légère à cheval.

3

La masure Gorbeau

[Jean Valjean s'installe au n° 52 du boulevard de l'Hôpital, dans la masure Gorbeau.]

[...] Le lendemain au point du jour, Jean Valjean était encore près du lit de Cosette. Il attendit là, immobile, et il la regarda se réveiller.

Quelque chose de nouveau lui entrait dans l'âme.

Jean Valjean n'avait jamais rien aimé. Depuis vingt-cinq ans il était seul au monde. Il n'avait jamais été père, amant, mari, ami. Au bagne il était mauvais, sombre, chaste, ignorant et farouche. Le cœur de ce vieux forçat était plein de virginités. Sa sœur et les enfants de sa sœur ne lui avaient laissé qu'un souvenir vague et lointain qui avait fini par s'évanouir presque entièrement. Il avait fait tous ses efforts pour les retrouver, et n'ayant pu les retrouver, il les avait oubliés. La nature humaine est ainsi faite. Les autres émotions tendres de sa jeunesse, s'il en avait eu, étaient tombées dans un abîme.

Quand il vit Cosette, quand il l'eut prise, emportée et délivrée, il sentit se remuer ses entrailles. Tout ce qu'il y avait de passionné et d'affectueux en lui s'éveilla et se précipita vers cet enfant. Il allait près du lit où elle dormait, et il y tremblait de joie ; il éprouvait des épreintes [1] comme une mère et il ne savait ce que c'était ; car c'est une chose bien obscure et bien douce que ce grand et étrange mouvement d'un cœur qui se met à aimer.

Pauvre vieux cœur tout neuf !

---

1. ***Épreintes*** : douleurs qu'une femme éprouve pendant la grossesse.

Seulement, comme il avait cinquante-cinq ans et que Cosette en avait huit, tout ce qu'il aurait pu avoir d'amour dans toute sa vie fondit en une sorte de lueur ineffable [1].

C'était la deuxième apparition blanche qu'il rencontrait. L'évêque avait fait lever à son horizon l'aube de la vertu ; Cosette y faisait lever l'aube de l'amour.

Les premiers jours s'écoulèrent dans cet éblouissement.

De son côté, Cosette, elle aussi, devenait autre, à son insu, pauvre petit être ! Elle était si petite quand sa mère l'avait quittée qu'elle ne s'en souvenait plus. Comme tous les enfants, pareils aux jeunes pousses de la vigne qui s'accrochent à tout, elle avait essayé d'aimer. Elle n'y avait pu réussir. Tous l'avaient repoussée, les Thénardier, leurs enfants, d'autres enfants. Elle avait aimé le chien, qui était mort ; après quoi, rien n'avait voulu d'elle, ni personne. Chose lugubre à dire, et que nous avons déjà indiquée, à huit ans elle avait le cœur froid. Ce n'était pas sa faute, ce n'était point la faculté d'aimer qui lui manquait ; hélas ! c'était la possibilité. Aussi, dès le premier jour, tout ce qui sentait et songeait en elle se mit à aimer ce bonhomme. Elle éprouvait ce qu'elle n'avait jamais ressenti, une sensation d'épanouissement.

Le bonhomme ne lui faisait même plus l'effet d'être vieux, ni d'être pauvre. Elle trouvait Jean Valjean beau, de même qu'elle trouvait le taudis [2] joli.

Ce sont là des effets d'aurore, d'enfance, de jeunesse, de joie. La nouveauté de la terre et de la vie y est pour quelque chose. Rien n'est charmant comme le reflet colorant du bonheur sur le grenier. Nous avons tous ainsi dans notre passé un galetas bleu.

La nature, cinquante ans d'intervalle, avaient mis une séparation profonde entre Jean Valjean et Cosette ; cette séparation, la destinée la combla. La destinée unit brusquement et fiança avec son irrésistible puissance ces deux existences

---

1. ***Ineffable*** : qui ne peut être exprimé par des paroles.
2. ***Taudis*** : habitation misérable.

déracinées, différentes par l'âge, semblables par le deuil. L'une, en effet, complétait l'autre. L'instinct de Cosette cherchait un père comme l'instinct de Jean Valjean cherchait un enfant. Se rencontrer, ce fut se trouver. Au moment mystérieux où leurs deux mains se touchèrent, elles se soudèrent. Quand ces deux âmes s'aperçurent, elles se reconnurent comme étant le besoin l'une de l'autre et s'embrassèrent étroitement.

En prenant les mots dans leur sens le plus compréhensif et le plus absolu, on pourrait dire que, séparés de tout par des murs de tombe, Jean Valjean était le Veuf comme Cosette était l'Orpheline. Cette situation fit que Jean Valjean devint d'une façon céleste le père de Cosette.

Et, en vérité, l'impression mystérieuse produite à Cosette, au fond du bois de Chelles, par la main de Jean Valjean saisissant la sienne dans l'obscurité, n'était pas une illusion, mais une réalité. L'entrée de cet homme dans la destinée de cet enfant avait été l'arrivée de Dieu. [...]

Elle l'appelait : *père*, et ne lui savait pas d'autre nom.

Il passait des heures à la contempler habillant et déshabillant sa poupée, et à l'écouter gazouiller. La vie lui paraissait désormais pleine d'intérêt, les hommes lui semblaient bons et justes, il ne reprochait dans sa pensée plus rien à personne, il n'apercevait aucune raison de ne pas vieillir très vieux maintenant que cette enfant l'aimait. Il se voyait tout un avenir éclairé par Cosette comme par une charmante lumière. Les meilleurs ne sont pas exempts [1] d'une pensée égoïste. Par moments il songeait avec une sorte de joie qu'elle serait laide.

Ceci n'est qu'une opinion personnelle, mais pour dire notre pensée tout entière, au point où en était Jean Valjean quand il se mit à aimer Cosette, il ne nous est pas prouvé qu'il n'ait pas eu besoin de ce ravitaillement pour persévérer dans le bien. Il venait

1. ***Exempts*** : dépourvus.

de voir sous de nouveaux aspects la méchanceté des hommes, et la misère de la société, aspects incomplets et qui ne montraient fatalement qu'un côté du vrai, le sort de la femme résumé dans Fantine, l'autorité publique personnifiée dans Javert ; il était retourné au bagne, cette fois pour avoir bien fait ; de nouvelles amertumes [1] l'avaient abreuvé ; le dégoût et la lassitude le reprenaient ; le souvenir même de l'évêque touchait peut-être à quelque moment d'éclipse, sauf à reparaître plus tard lumineux et triomphant ; mais enfin ce souvenir sacré s'affaiblissait. Qui sait si Jean Valjean n'était pas à la veille de se décourager et de retomber ? Il aima, et il redevint fort. Hélas ! il n'était guère moins chancelant que Cosette. Il la protégea et elle l'affermit. Grâce à lui, elle put marcher dans la vie ; grâce à elle, il put continuer dans la vertu. Il fut le soutien de cet enfant et cet enfant fut son point d'appui. Ô mystère insondable et divin des équilibres de la destinée !

[Malgré les précautions qu'il prend pour se tenir caché, Jean Valjean a bientôt le sentiment qu'il est espionné par Javert. Un soir, il décide de s'enfuir avec Cosette.]

4

À chasse noire meute muette

[...] Jean Valjean avait tout de suite quitté le boulevard et s'était engagé dans les rues, faisant le plus de lignes brisées qu'il pouvait, revenant quelquefois sur ses pas pour s'assurer qu'il n'était point suivi.

1. ***Amertumes*** : sentiments de tristesse.

Cette manœuvre est propre au cerf traqué. Sur les terrains où la trace peut s'imprimer, cette manœuvre a, entre autres avantages, celui de tromper les chasseurs et les chiens par le contre-pied. C'est ce qu'en vénerie [1] on appelle *faux rembuchement*.

C'était une nuit de pleine lune. Jean Valjean n'en fut pas fâché. La lune, encore très près de l'horizon, coupait dans les rues de grands pans d'ombre et de lumière. Jean Valjean pouvait se glisser le long des maisons et des murs dans le côté sombre et observer le côté clair. Il ne réfléchissait peut-être pas assez que le côté obscur lui échappait. Pourtant, dans toutes les ruelles désertes qui avoisinent la rue de Poliveau, il crut être certain que personne ne venait derrière lui.

Cosette marchait sans faire de questions. Les souffrances des six premières années de sa vie avaient introduit quelque chose de passif dans sa nature. D'ailleurs, et c'est là une remarque sur laquelle nous aurons plus d'une occasion de revenir, elle était habituée, sans trop s'en rendre compte, aux singularités du bonhomme et aux bizarreries de la destinée. Et puis elle se sentait en sûreté, étant avec lui.

Jean Valjean, pas plus que Cosette, ne savait où il allait. Il se confiait à Dieu comme elle se confiait à lui. Il lui semblait qu'il tenait, lui aussi, quelqu'un de plus grand que lui par la main ; il croyait sentir un être qui le menait, invisible. Du reste il n'avait aucune idée arrêtée, aucun plan, aucun projet. Il n'était même pas absolument sûr que ce fût Javert, et puis ce pouvait être Javert, sans que Javert sût que c'était lui Jean Valjean. N'était-il pas déguisé ? ne le croyait-on pas mort ? Cependant depuis quelques jours il se passait des choses qui devenaient singulières. Il ne lui en fallait pas davantage. Il était déterminé à ne plus rentrer dans la maison Gorbeau. Comme l'animal chassé du gîte, il cherchait un trou où se cacher, en attendant qu'il en trouvât un où se loger.

---

1. ***Vénerie*** : art de la chasse.

Jean Valjean décrivit plusieurs labyrinthes variés dans le quartier Mouffetard, déjà endormi comme s'il avait encore la discipline du Moyen Âge et le joug du couvre-feu [1]; il combina de diverses façons, dans des stratégies savantes, la rue Censier et la rue Copeau, la rue du Battoir-Saint-Victor et la rue du Puits-l'Hermite. Il y a par là des logeurs, mais il n'y entrait même pas, ne trouvant point ce qui lui convenait. Par exemple, il ne doutait pas que, si, par hasard, on avait cherché sa piste, on ne l'eût perdue.

Comme onze heures sonnaient à Saint-Étienne-du-Mont, il traversait la rue de Pontoise devant le bureau du commissaire de police qui est au n° 14. Quelques instants après, l'instinct dont nous parlions plus haut fit qu'il se retourna. En ce moment, il vit distinctement, grâce à la lanterne du commissaire qui les trahissait, trois hommes qui le suivaient d'assez près passer successivement sous cette lanterne dans le côté ténébreux de la rue. L'un de ces trois hommes entra dans l'allée de la maison du commissaire. Celui qui marchait en tête lui parut décidément suspect.

– Viens, enfant, dit-il à Cosette, et il se hâta de quitter la rue de Pontoise.

Il fit un circuit, tourna le passage des Patriarches qui était fermé à cause de l'heure, arpenta la rue de l'Épée-de-Bois et la rue de l'Arbalète et s'enfonça dans la rue des Postes.

Il y a là un carrefour, où est aujourd'hui le collège Rollin et où vient s'embrancher la rue Neuve-Ste-Geneviève. [...]

La lune jetait une vive lumière dans ce carrefour. Jean Valjean s'embusqua [2] sous une porte, calculant que si ces hommes le suivaient encore, il ne pourrait manquer de les très bien voir lorsqu'ils traverseraient cette clarté.

En effet, il ne s'était pas écoulé trois minutes que les hommes parurent. Ils étaient maintenant quatre ; tous de haute taille, vêtus

1. ***Couvre-feu*** : interdiction de sortir de chez soi après une heure fixée.
2. ***S'embusqua*** : se cacha.

de longues redingotes brunes, avec des chapeaux ronds et de gros bâtons à la main. Ils n'étaient pas moins inquiétants par leur grande stature et leurs vastes poings que par leur marche sinistre dans les ténèbres. On eût dit quatre spectres déguisés en bourgeois.

Ils s'arrêtèrent au milieu du carrefour et firent groupe comme des gens qui se consultent. Ils avaient l'air indécis. Celui qui paraissait les conduire se tourna et désigna vivement de la main droite la direction où s'était engagé Jean Valjean ; un autre semblait indiquer avec une certaine obstination la direction contraire. À l'instant où le premier se retourna, la lune éclaira en plein son visage. Jean Valjean reconnut parfaitement Javert. [...]

[Après avoir tenté de semer ses poursuivants, Jean Valjean, pour leur échapper, escalade un mur.]

Jean Valjean se trouvait dans une espèce de jardin fort vaste et d'un aspect singulier ; un de ces jardins tristes qui semblent faits pour être regardés l'hiver et la nuit. Ce jardin était d'une forme oblongue avec une allée de grands peupliers au fond, des futaies [1] assez hautes dans les coins et un espace sans ombre au milieu, où l'on distinguait un très grand arbre isolé, puis quelques arbres fruitiers tordus et hérissés comme de grosses broussailles, des carrés de légumes, une melonnière [2] dont les cloches brillaient à la lune et un vieux puisard [3]. Il y avait çà et là des bancs de pierre qui semblaient noirs de mousse. Les allées étaient bordées de petits arbustes sombres et toutes droites. L'herbe en envahissait la moitié et une moisissure verte couvrait le reste. [...]

1. ***Futaies*** : plantations d'arbres élevés.
2. ***Melonnière*** : terrain réservé à la culture du melon.
3. ***Puisard*** : sorte de puits destiné à récupérer les eaux d'écoulement.

L'enfant avait posé sa tête sur une pierre et s'était endormie.

Il s'assit auprès d'elle et se mit à la considérer. Peu à peu, à mesure qu'il la regardait, il se calmait, et il reprenait possession de sa liberté d'esprit.

Il apercevait clairement cette vérité, le fond de sa vie désormais, que tant qu'elle serait là, tant qu'il l'aurait près de lui, il n'aurait besoin de rien que pour elle, ni peur de rien qu'à cause d'elle. Il ne sentait même pas qu'il avait très froid, ayant quitté sa redingote pour l'en couvrir.

Cependant, à travers la rêverie où il était tombé, il entendait depuis quelque temps un bruit singulier. C'était comme un grelot qu'on agitait. Ce bruit était dans le jardin. On l'entendait distinctement, quoique faiblement. Cela ressemblait à la petite musique vague que font les clarines [1] des bestiaux la nuit dans les pâturages.

Ce bruit fit retourner Jean Valjean.

Il regarda, et vit qu'il y avait quelqu'un dans le jardin.

Un être qui ressemblait à un homme marchait au milieu des cloches de la melonnière, se levant, se baissant, s'arrêtant, avec des mouvements réguliers, comme s'il traînait ou étendait quelque chose à terre. Cet être paraissait boiter.

Jean Valjean tressaillit avec ce tremblement continuel des malheureux. Tout leur est hostile et suspect. Ils se défient du jour parce qu'il aide à les voir et de la nuit parce qu'elle aide à les surprendre. Tout à l'heure il frissonnait de ce que le jardin était désert, maintenant il frissonnait de ce qu'il y avait quelqu'un.

Il retomba des terreurs chimériques [2] aux terreurs réelles. Il se dit que Javert et les mouchards n'étaient peut-être pas partis, que sans doute ils avaient laissé dans la rue des gens en observation, que, si cet homme le découvrait dans ce jardin, il crierait au voleur,

1. ***Clarines*** : petites cloches.
2. ***Chimériques*** : imaginaires.

et le livrerait. Il prit doucement Cosette endormie dans ses bras et la porta derrière un tas de vieux meubles hors d'usage, dans le coin le plus reculé du hangar. Cosette ne remua pas.

De là il observa les allures de l'être qui était dans la melonnière. Ce qui était bizarre, c'est que le bruit du grelot suivait tous les mouvements de cet homme. Quand l'homme s'approchait, le bruit s'approchait ; quand il s'éloignait, le bruit s'éloignait ; s'il faisait quelque geste précipité, un trémolo accompagnait ce geste ; quand il s'arrêtait, le bruit cessait. Il paraissait évident que le grelot était attaché à cet homme ; mais alors qu'est-ce que cela pouvait signifier ? qu'était-ce que cet homme auquel une clochette était suspendue comme à un bélier ou à un bœuf ?

Tout en se faisant ces questions, il toucha les mains de Cosette. Elles étaient glacées.

– Ah mon Dieu ! dit-il.

Il l'appela à voix basse :

– Cosette !

Elle n'ouvrit pas les yeux.

Il la secoua vivement.

Elle ne s'éveilla pas.

– Serait-elle morte ! dit-il, et il se dressa debout, frémissant de la tête aux pieds.

Les idées les plus affreuses lui traversèrent l'esprit pêle-mêle. Il y a des moments où les suppositions hideuses nous assiègent comme une cohue de furies et forcent violemment les cloisons de notre cerveau. Quand il s'agit de ceux que nous aimons, notre prudence invente toutes les folies. Il se souvint que le sommeil peut être mortel en plein air dans une nuit froide.

Cosette, pâle, était retombée, étendue à terre à ses pieds sans faire un mouvement.

Il écouta son souffle ; elle respirait ; mais d'une respiration qui lui paraissait faible et prête à s'éteindre.

Comment la réchauffer ? comment la réveiller ? Tout ce qui n'était pas ceci s'effaça de sa pensée. Il s'élança éperdu hors de la ruine.

Il fallait absolument qu'avant un quart d'heure Cosette fût devant un feu et dans un lit.

Il marcha droit à l'homme qu'il apercevait dans le jardin. Il avait pris à sa main le rouleau d'argent qui était dans la poche de son gilet.

Cet homme baissait la tête et ne le voyait pas venir. En quelques enjambées, Jean Valjean fut à lui.

Jean Valjean l'aborda en criant :

– Cent francs !

L'homme fit un soubresaut et leva les yeux.

– Cent francs à gagner, reprit Jean Valjean, si vous me donnez asile pour cette nuit !

La lune éclairait en plein le visage effaré de Jean Valjean.

– Tiens, c'est vous, père Madeleine ! dit l'homme.

Ce nom, ainsi prononcé, à cette heure obscure, dans ce lieu inconnu, par cet homme inconnu, fit reculer Jean Valjean.

Il s'attendait à tout, excepté à cela. Celui qui lui parlait était un vieillard courbé et boiteux, vêtu à peu près comme un paysan, qui avait au genou gauche une genouillère de cuir où pendait une assez grosse clochette. On ne distinguait pas son visage qui était dans l'ombre.

Cependant le bonhomme avait ôté son bonnet, et s'écriait tout tremblant :

– Ah, mon Dieu, comment êtes-vous ici, père Madeleine ! Par où êtes-vous entré, Dieu Jésus ! Vous tombez donc du ciel ! Ce n'est pas l'embarras, si vous tombez jamais, c'est de là que vous tomberez. Et comme vous voilà fait ! Vous n'avez pas de cravate, vous n'avez pas de chapeau, vous n'avez pas d'habit ! Savez-vous que vous auriez fait peur à quelqu'un qui ne vous aurait pas connu ? Pas d'habit ! Mon Dieu Seigneur, est-ce que les saints deviennent fous à présent ? Mais comment donc êtes-vous entré ici ?

Un mot n'attendait pas l'autre. Le vieux homme parlait avec une volubilité campagnarde où il n'y avait rien d'inquiétant. Tout cela était dit avec un mélange de stupéfaction et de bonhomie naïve.

– Qui êtes-vous ? et qu'est-ce que c'est que cette maison-ci ? demanda Jean Valjean.

– Ah ! pardieu, voilà qui est fort, s'écria le vieillard, je suis celui que vous avez fait placer ici, et cette maison est celle où vous m'avez fait placer. Comment ! vous ne me reconnaissez pas !

– Non, dit Jean Valjean. Et comment se fait-il que vous me connaissiez, vous ?

– Vous m'avez sauvé la vie, dit l'homme.

Il se tourna, un rayon de lune lui dessina le profil, et Jean Valjean reconnut le vieux Fauchelevent.

– Ah ! dit Jean Valjean, c'est vous ? oui, je vous reconnais.

– C'est bien heureux ! fit le vieux d'un ton de reproche.

– Et que faites-vous ici ? reprit Jean Valjean.

– Tiens ! je couvre mes melons donc !

Le vieux Fauchelevent tenait en effet à la main, au moment où Jean Valjean l'avait accosté, le bout d'un paillasson qu'il était occupé à étendre sur la melonnière. Il en avait déjà posé ainsi un certain nombre depuis une heure environ qu'il était dans le jardin. C'était cette opération qui lui faisait faire les mouvements particuliers observés du hangar par Jean Valjean.

Il continua :

– Je me suis dit : la lune est claire, il va geler. Si je mettais à mes melons leurs carricks[1] ? Et, ajouta-t-il, en regardant Jean Valjean

1. ***Carricks*** : manteaux.

avec un gros rire, vous auriez pardieu bien dû en faire autant ! Mais comment donc êtes-vous ici ?

Jean Valjean, se sentant connu par cet homme, du moins sous son nom de Madeleine, n'avançait plus qu'avec précaution. Il multipliait les questions. Chose bizarre, les rôles semblaient intervertis. C'était lui, intrus, qui interrogeait.

– Et qu'est-ce que c'est que cette sonnette que vous avez au genou ?

– Ça ? répondit Fauchelevent, c'est pour qu'on m'évite.

– Comment ! pour qu'on vous évite !

Le vieux Fauchelevent cligna de l'œil d'un air inexprimable.

– Ah dame ! il n'y a que des femmes dans cette maison-ci ; beaucoup de jeunes filles. Il paraît que je serais dangereux à rencontrer. La sonnette les avertit. Quand je viens, elles s'en vont.

– Qu'est-ce que c'est que cette maison-ci ?

– Tiens ! vous savez bien.

– Mais non, je ne sais pas.

– Puisque vous m'y avez fait placer jardinier !

– Répondez-moi comme si je ne savais rien.

– Eh bien, c'est le couvent du Petit-Picpus donc !

Les souvenirs revenaient à Jean Valjean. Le hasard, c'est-à-dire, la providence, l'avait jeté précisément dans ce couvent du quartier St-Antoine où le vieux Fauchelevent, estropié par la chute de sa charrette, avait été admis sur sa recommandation, il y avait deux ans de cela. Il répéta comme se parlant à lui-même :

– Le couvent du Petit-Picpus !

– Ah çà, mais au fait, reprit Fauchelevent, comment diable avez-vous fait pour y entrer, vous, père Madeleine ? Vous avez beau être un saint, vous êtes un homme, et il n'entre pas d'hommes ici.

– Vous y êtes bien ?

– Il n'y a que moi.

– Cependant, reprit Jean Valjean, il faut que j'y reste.

– Ah, mon Dieu ! s'écria Fauchelevent.

Jean Valjean s'approcha du vieillard et lui dit d'une voix grave :

– Père Fauchelevent, je vous ai sauvé la vie.

– C'est moi qui m'en suis souvenu le premier, répondit Fauchelevent.

– Eh bien, vous pouvez faire aujourd'hui pour moi ce que j'ai fait autrefois pour vous.

Fauchelevent prit dans ses vieilles mains ridées et tremblantes les deux robustes mains de Jean Valjean, et fut quelques secondes comme s'il ne pouvait parler. Enfin il s'écria :

– Oh ! ce serait une bénédiction du bon Dieu si je pouvais vous rendre un peu cela ! moi ! vous sauver la vie ! monsieur le maire, disposez du vieux bonhomme !

Une joie admirable avait comme transfiguré ce vieillard. Un rayon semblait lui sortir du visage.

– Que voulez-vous que je fasse ? reprit-il.

– Je vous expliquerai cela. Vous avez une chambre ?

– J'ai une baraque isolée, là, derrière la ruine du vieux couvent, dans un recoin que personne ne voit. Il y a trois chambres.

La baraque était en effet si bien cachée derrière la ruine et si bien disposée pour que personne ne la vît, que Jean Valjean ne l'avait pas vue.

– Bien, dit Jean Valjean. Maintenant je vous demande deux choses.

– Lesquelles, monsieur le maire ?

– Premièrement, vous ne direz à personne ce que vous savez de moi. Deuxièmement, vous ne chercherez pas à en savoir davantage.

– Comme vous voudrez. Je sais que vous ne pouvez rien faire que d'honnête et que vous avez toujours été un homme du bon Dieu. Et puis d'ailleurs, c'est vous qui m'avez mis ici. Ça vous regarde. Je suis à vous.

– C'est dit. À présent, venez avec moi. Nous allons chercher l'enfant.

– Ah ! dit Fauchelevent. Il y a un enfant !

Il n'ajouta pas une parole et suivit Jean Valjean comme un chien suit son maître.

Moins d'une demi-heure après, Cosette, redevenue rose à la flamme d'un bon feu, dormait dans le lit du vieux jardinier. Jean Valjean avait remis sa cravate et sa redingote ; le chapeau lancé par-dessus le mur avait été retrouvé et ramassé ; pendant que Jean Valjean endossait sa redingote, Fauchelevent avait ôté sa genouillère à clochette, qui maintenant, accrochée à un clou près d'une hotte, ornait le mur. Les deux hommes se chauffaient accoudés sur une table où Fauchelevent avait posé un morceau de fromage, du pain bis, une bouteille de vin et deux verres, et le vieux disait à Jean Valjean en lui posant la main sur le genou :

– Ah ! père Madeleine ! vous ne m'avez pas reconnu tout de suite ! vous sauvez la vie aux gens, et après vous les oubliez ? Oh ! c'est mal ! eux ils se souviennent de vous ! vous êtes un ingrat ! [...]

[Fauchelevent, jardinier du couvent, installe Jean Valjean chez lui en le faisant passer pour son frère, qui l'aidera à jardiner. Cosette entre au pensionnat des sœurs.]

5

Les cimetières prennent ce qu'on leur donne

Cosette au couvent continua de se taire.

Cosette se croyait tout naturellement la fille de Jean Valjean. Au reste, ne sachant rien, elle ne pouvait rien dire, et puis, dans tous les cas, elle n'aurait rien dit. Nous venons de le faire remarquer, rien ne dresse les enfants au silence comme le malheur. Cosette avait tant souffert qu'elle craignait tout, même de parler, même de respirer. Une parole avait si souvent fait crouler sur elle une avalanche ! À peine commençait-elle à se rassurer depuis qu'elle était à Jean Valjean. Elle s'habitua assez vite au couvent. Seulement elle regrettait Catherine, mais elle n'osait pas le dire. Une fois pourtant elle dit à Jean Valjean : – Père, si j'avais su, je l'aurais emmenée.

Cosette, en devenant pensionnaire du couvent, dut prendre l'habit des élèves de la maison. Jean Valjean obtint qu'on lui remît les vêtements qu'elle dépouillait [1].

C'était ce même habillement de deuil qu'il lui avait fait revêtir lorsqu'elle avait quitté la gargote Thénardier. Il n'était pas encore très usé. Jean Valjean enferma ces nippes, plus les bas de laine et les souliers, avec force camphre [2] et tous les aromates dont abondent les couvents, dans une petite valise qu'il trouva moyen de se procurer. Il mit cette valise sur une chaise près de son lit, et il en avait toujours la clef sur lui. – Père, lui demanda un jour Cosette, qu'est-ce que c'est donc que cette boîte-là qui sent si bon ? [...]

Jean Valjean travaillait tous les jours dans le jardin et y était très utile. Il avait été jadis émondeur [3] et se retrouvait volontiers jardinier. On se rappelle qu'il avait toutes sortes de recettes et de secrets de culture. Il en tira parti. Presque tous les arbres du verger étaient des sauvageons ; il les écussonna [4] et leur fit donner d'excellents fruits.

Cosette avait permission de venir tous les jours passer une heure près de lui. Comme les sœurs étaient tristes et qu'il était bon, l'enfant le comparait et l'adorait. À l'heure fixée elle accourait vers la baraque. Quand elle entrait dans la masure, elle l'emplissait de paradis. Jean Valjean s'épanouissait, et sentait son

1. ***Dépouillait*** : retirait.
2. ***Camphre*** : résine blanche à l'odeur forte.
3. ***Émondeur*** : voir note 1, p. 48.
4. ***Écussonna*** : greffa.

bonheur s'accroître du bonheur qu'il donnait à Cosette. La joie que nous inspirons a cela de charmant que, loin de s'affaiblir comme tout reflet, elle nous revient plus rayonnante. Aux heures des récréations, Jean Valjean la regardait de loin jouer et courir et il distinguait son rire du rire des autres.

Car maintenant Cosette riait.

La figure de Cosette en était même jusqu'à un certain point changée. Le sombre en avait disparu. Le rire, c'est le soleil ; il chasse l'hiver du visage humain.

La récréation finie, quand Cosette rentrait, Jean Valjean regardait les fenêtres de sa classe, et la nuit il se relevait pour regarder les fenêtres de son dortoir.

Du reste Dieu a ses voies ; le couvent contribua, comme Cosette, à maintenir et à compléter dans Jean Valjean l'œuvre de l'évêque. Il est certain qu'un des côtés de la vertu aboutit à l'orgueil. Il y a là un pont bâti par le diable. Jean Valjean était peut-être à son insu assez près de ce côté et de ce pont-là, lorsque la providence le jeta dans le couvent du Petit-Picpus ; tant qu'il ne s'était comparé qu'à l'évêque, il s'était trouvé indigne et il avait été humble ; mais depuis quelque temps il commençait à se comparer aux hommes, et l'orgueil naissait. Qui sait ? il aurait peut-être fini par revenir tout doucement à la haine.

Le couvent l'arrêta sur cette pente. [...]

Tout son cœur se fondait en reconnaissance et il aimait de plus en plus.

Plusieurs années s'écoulèrent ainsi ; Cosette grandissait.

Troisième partie
Marius

1

Paris étudié dans son atome

[…] Huit ou neuf ans environ après les événements racontés dans la deuxième partie de cette histoire, on remarquait sur le boulevard du Temple et dans les régions du Château-d'Eau, un petit garçon de onze à douze ans. […] Cet enfant était bien affublé [1] d'un pantalon d'homme, mais il ne le tenait pas de son père, et d'une camisole de femme, mais il ne la tenait pas de sa mère. Des gens quelconques l'avaient habillé de chiffons par charité. Pourtant il avait un père et une mère. Mais son père ne songeait pas à lui et sa mère ne l'aimait point. C'était un de ces enfants dignes de pitié entre tous qui ont père et mère et qui sont orphelins.

Cet enfant ne se sentait jamais si bien que dans la rue. Le pavé lui était moins dur que le cœur de sa mère.

Ses parents l'avaient jeté dans la vie d'un coup de pied.

Il avait tout bonnement pris sa volée [2].

C'était un garçon bruyant, blême, leste [3], éveillé, goguenard [4], à l'air vivace et maladif. Il allait, venait, chantait, jouait à la fayousse, grattait les ruisseaux, volait un peu, mais comme les chats et les passereaux [5], gaiement, riait quand on l'appelait galopin, se fâchait quand on l'appelait voyou. Il n'avait pas de gîte [6], pas de pain, pas de feu, pas d'amour ; mais il était joyeux parce qu'il était libre.

---

1. ***Affublé*** : vêtu sans grand soin.
2. ***Il avait pris sa volée*** : il avait pris son envol, il était parti.
3. ***Leste*** : adroit, débrouillard.
4. ***Goguenard*** : qui aime plaisanter.
5. ***Passereaux*** : moineaux.
6. ***Gîte*** : domicile.

Quand ces pauvres êtres sont des hommes, presque toujours la meule de l'ordre social les rencontre et les broie, mais tant qu'ils sont enfants, ils échappent, étant petits. Le moindre trou les sauve.

Pourtant, si abandonné que fût cet enfant, il arrivait parfois, tous les deux ou trois mois, qu'il disait : Tiens, je vais voir maman ! Alors il quittait le boulevard, le Cirque, la Porte-Saint-Martin, descendait aux quais, passait les ponts, gagnait les faubourgs, atteignait la Salpêtrière, et arrivait où ? Précisément à ce double numéro 50-52 que le lecteur connaît, à la masure Gorbeau.

À cette époque, la masure 50-52, habituellement déserte et éternellement décorée de l'écriteau : « Chambres à louer », se trouvait, chose rare, habitée par plusieurs individus qui, du reste, comme cela est toujours à Paris, n'avaient aucun lien ni aucun rapport entre eux. Tous appartenaient à cette classe indigente qui commence à partir du dernier petit-bourgeois gêné et qui se prolonge de misère en misère dans les bas-fonds de la société jusqu'à ces deux êtres auxquels toutes les choses matérielles de la civilisation viennent aboutir, l'égoutier qui balaye la boue et le chiffonnier qui ramasse les guenilles.

La « principale locataire » du temps de Jean Valjean était morte et avait été remplacée par une toute pareille.

Je ne sais quel philosophe a dit : On ne manque jamais de vieilles femmes.

Cette nouvelle vieille s'appelait madame Burgon, et n'avait rien de remarquable dans sa vie qu'une dynastie de trois perroquets, lesquels avaient successivement régné sur son âme.

Les plus misérables entre ceux qui habitaient la masure étaient une famille de quatre personnes, le père, la mère et deux filles déjà assez grandes, tous les quatre logés dans le même galetas, une de ces cellules dont nous avons déjà parlé.

Cette famille n'offrait au premier abord rien de très particulier que son extrême dénuement ; le père en louant la chambre avait dit s'appeler Jondrette. Quelque temps après son emménagement qui avait singulièrement ressemblé, pour emprunter l'expression mémorable de la principale locataire, à *l'entrée de rien du tout*, ce Jondrette avait dit à cette femme qui, comme sa devancière, était en même temps portière et balayait l'escalier : – Mère une telle, si quelqu'un venait par hasard demander un polonais ou un italien, ou peut-être un espagnol, ce serait moi.

Cette famille était la famille du joyeux va-nu-pieds. Il y arrivait et il y trouvait la détresse, et, ce qui est plus triste, aucun sourire ; le froid dans l'âtre et le froid dans les cœurs. Quand il entrait, on lui demandait : – D'où viens-tu ? Il répondait : – De la rue. Quand il s'en allait, on lui demandait : – Où vas-tu ? Il répondait : – Dans la rue. Sa mère lui disait : – Qu'est-ce que tu viens faire ici ?

Cet enfant vivait dans cette absence d'affection comme ces herbes pâles qui viennent dans les caves. Il ne souffrait pas d'être ainsi et n'en voulait à personne. Il ne savait pas au juste comment devaient être un père et une mère.

Du reste sa mère aimait ses sœurs.

Nous avons oublié de dire que sur le boulevard du Temple on nommait cet enfant le petit Gavroche. Pourquoi s'appelait-il Gavroche ? Probablement parce que son père s'appelait Jondrette.

Casser le fil semble être l'instinct de certaines familles misérables.

La chambre que les Jondrette habitaient dans la masure Gorbeau était la dernière au bout du corridor. La cellule d'à côté était occupée par un jeune homme très pauvre qu'on nommait monsieur Marius.

Disons ce que c'était que monsieur Marius. […]

2

Le grand-père et le petit-fils

Marius Pontmercy fit comme tous les enfants des études quelconques. […] Marius eut ses années de collège, puis il entra à l'école de droit. Il était royaliste, fanatique et austère. Il aimait peu son grand-père dont la gaieté et le cynisme le froissaient, et il était sombre à l'endroit de[1] son père.

C'était du reste un garçon ardent et froid, noble, généreux, fier, religieux, exalté ; digne jusqu'à la dureté, pur jusqu'à la sauvagerie.

[…] En 1827, Marius venait d'atteindre ses dix-sept ans. Comme il rentrait un soir, il vit son grand-père qui tenait une lettre à la main.

– Marius, dit M. Gillenormand[2], tu partiras demain pour Vernon.

– Pourquoi ? dit Marius.

– Pour voir ton père.

Marius eut un tremblement. Il avait songé à tout, excepté à ceci, qu'il pourrait un jour se faire qu'il eût à voir son père. Rien ne pouvait être pour lui plus inattendu, plus surprenant, et, disons-le, plus désagréable. C'était l'éloignement contraint au rapprochement. Ce n'était pas un chagrin, non, c'était une corvée.

Marius, outre ses motifs d'antipathie politique, était convaincu que son père, le sabreur[3], comme l'appelait M. Gillenormand dans ses jours de douceur, ne l'aimait pas ; cela était évident, puisqu'il l'avait abandonné ainsi et laissé à d'autres. Ne se sentant point aimé, il n'aimait point. Rien de plus simple, se disait-il.

---

1. ***À l'endroit de*** : à l'égard de.
2. ***M. Gillenormand*** : c'est le nom du grand-père de Marius.
3. ***Sabreur*** : soldat courageux et brutal.

Il fut si stupéfait qu'il ne questionna pas M. Gillenormand. Le grand-père reprit :

– Il paraît qu'il est malade. Il te demande.

Et après un silence il ajouta :

– Pars demain matin. Je crois qu'il y a cour des Fontaines une voiture qui part à six heures et qui arrive le soir. Prends-la. Il dit que c'est pressé.

Puis il froissa la lettre et la mit dans sa poche.

Marius aurait pu partir le soir même et être près de son père le lendemain matin. Une diligence de la rue du Bouloy faisait à cette époque le voyage de Rouen la nuit et passait par Vernon. Ni M. Gillenormand ni Marius ne songèrent à s'informer.

Le lendemain à la brune, Marius arrivait à Vernon. Les chandelles commençaient à s'allumer. Il demanda au premier passant venu : *la maison de monsieur Pontmercy*. Car dans sa pensée il était de l'avis de la Restauration, et, lui non plus, ne reconnaissait son père ni baron ni colonel[1].

On lui indiqua le logis. Il sonna, une femme vint lui ouvrir, une petite lampe à la main.

– Monsieur Pontmercy ? dit Marius.

La femme resta immobile.

– Est-ce ici ? demanda Marius.

La femme fit de la tête un signe affirmatif.

– Pourrais-je lui parler ?

La femme fit un signe négatif.

– Mais je suis son fils ! reprit Marius. Il m'attend.

– Il ne vous attend plus, dit la femme.

Alors il s'aperçut qu'elle pleurait.

Elle lui désigna du doigt la porte d'une salle basse ; il entra.

1. Fait colonel et baron par Napoléon, le père de Marius, Georges Pontmercy, s'est vu dénié ces titres par Louis XVIII. Après la mort de sa femme, son beau-père Gillenormand, fervent royaliste hostile aux idées de son fils, lui a retiré Marius pour l'élever selon ses propres principes.

Dans cette salle qu'éclairait une chandelle de suif posée sur la cheminée, il y avait trois hommes, un qui était debout, un qui était à genoux, et un qui était à terre en chemise couché tout de son long sur le carreau. Celui qui était à terre était le colonel.

Les deux autres étaient un médecin et un prêtre qui priait.

Le colonel était depuis trois jours atteint d'une fièvre cérébrale. Au début de la maladie, ayant un mauvais pressentiment, il avait écrit à M. Gillenormand pour demander son fils. La maladie avait empiré. Le soir même de l'arrivée de Marius à Vernon, le colonel avait eu un accès de délire ; il s'était levé de son lit malgré la servante, en criant : – Mon fils n'arrive pas ! je vais au-devant de lui ! – Puis il était sorti de sa chambre et était tombé sur le carreau de l'antichambre. Il venait d'expirer.

On avait appelé le médecin et le curé. Le médecin était arrivé trop tard, le curé était arrivé trop tard. Le fils aussi était arrivé trop tard.

À la clarté crépusculaire de la chandelle, on distinguait sur la joue du colonel gisant et pâle une grosse larme qui avait coulé de son œil mort. L'œil était éteint, mais la larme n'était pas séchée. Cette larme, c'était le retard de son fils.

Marius considéra cet homme qu'il voyait pour la première fois, et pour la dernière, ce visage vénérable et mâle, ces yeux ouverts qui ne regardaient pas, ces cheveux blancs, ces membres robustes sur lesquels on distinguait çà et là des lignes brunes qui étaient des coups de sabre et des espèces d'étoiles rouges qui étaient des trous de balles. Il considéra cette gigantesque balafre qui imprimait l'héroïsme sur cette face où Dieu avait empreint la bonté. Il songea que cet homme était son père et que cet homme était mort, et il resta froid.

La tristesse qu'il éprouvait fut la tristesse qu'il aurait ressentie devant tout autre homme qu'il aurait vu étendu mort.

Le deuil, un deuil poignant, était dans cette chambre. La servante se lamentait dans un coin, le curé priait, et on l'entendait sangloter, le médecin s'essuyait les yeux ; le cadavre lui-même pleurait.

Ce médecin, ce prêtre et cette femme regardaient Marius à travers leur affliction sans dire une parole ; c'était lui qui était l'étranger. Marius, trop peu ému, se sentit honteux et embarrassé de son attitude ; il avait son chapeau à la main, il le laissa tomber à terre, afin de faire croire que la douleur lui ôtait la force de le tenir.

En même temps il éprouvait comme un remords et il se méprisait d'agir ainsi. Mais était-ce sa faute ? Il n'aimait pas son père, quoi !

Le colonel ne laissait rien. La vente du mobilier paya à peine l'enterrement. La servante trouva un chiffon de papier qu'elle remit à Marius. Il y avait ceci, écrit de la main du colonel :

« – *Pour mon fils*. – L'empereur m'a fait baron sur le champ de bataille de Waterloo. Puisque la restauration me conteste ce titre que j'ai payé de mon sang, mon fils le prendra et le portera. Il va sans dire qu'il en sera digne. » Derrière, le colonel avait ajouté : « À cette même bataille de Waterloo, un sergent m'a sauvé la vie. Cet homme s'appelle Thénardier. Dans ces derniers temps, je crois qu'il tenait une petite auberge dans un village des environs de Paris, à Chelles ou à Montfermeil. Si mon fils le rencontre, il fera à Thénardier tout le bien qu'il pourra. »

Non par religion pour son père, mais à cause de ce respect vague de la mort qui est toujours si impérieux au cœur de l'homme, Marius prit ce papier et le serra.

Rien ne resta du colonel. M. Gillenormand fit vendre au fripier son épée et son uniforme. Les voisins dévalisèrent le jardin et pillèrent les fleurs rares. Les autres plantes devinrent ronces et broussailles, et moururent.

Marius n'était demeuré que quarante-huit heures à Vernon. Après l'enterrement, il était revenu à Paris et s'était remis à son droit, sans plus songer à son père que s'il n'eût jamais vécu. En deux jours le colonel avait été enterré et en trois jours oublié.

Marius avait un crêpe à son chapeau. Voilà tout. […]

[Marius rencontre par hasard un ancien compagnon de son père qui le sensibilise aux idéaux républicains et aux sympathies impériales de l'ancien combattant de Waterloo. Le jeune homme s'en trouve transformé. Il apprend, trop tard, à aimer et à respecter son père. Pour lui rendre hommage, il se fait graver des cartes de visite au nom de baron Marius de Pontmercy.]

Avant même d'avoir franchi le seuil du salon, il aperçut son grand-père qui tenait à la main une de ses cartes et qui, en le voyant, s'écria avec son air de supériorité bourgeoise et ricanante qui était quelque chose d'écrasant :

– Tiens ! tiens ! tiens ! tiens ! tiens ! tu es baron à présent. Je te fais mon compliment. Qu'est-ce que cela veut dire ?

Marius rougit légèrement, et répondit :

– Cela veut dire que je suis le fils de mon père.

M. Gillenormand cessa de rire et dit durement :

– Ton père, c'est moi.

– Mon père, reprit Marius les yeux baissés et l'air sévère, c'était un homme humble et héroïque qui a glorieusement servi la république et la France, qui a été grand dans la plus grande histoire que les hommes aient jamais faite, qui a vécu un quart de siècle au bivouac[1], le jour sous la mitraille et sous les balles, la nuit dans la neige, dans la boue, sous la pluie, qui a pris deux drapeaux, qui a reçu vingt blessures, qui est mort dans l'oubli et dans l'abandon, et qui n'a jamais eu qu'un tort, c'est de trop aimer deux ingrats, son pays et moi !

C'était plus que M. Gillenormand n'en pouvait entendre. À ce mot, *la république*, il s'était levé, ou pour mieux dire, dressé

1. ***Au bivouac*** : à l'armée.

debout. Chacune des paroles que Marius venait de prononcer avait fait sur le visage du vieux royaliste l'effet des bouffées d'un soufflet de forge sur un tison ardent. De sombre il était devenu rouge, de rouge pourpre et de pourpre flamboyant.

– Marius ! s'écria-t-il. Abominable enfant ! Je ne sais pas ce qu'était ton père ! Je ne veux pas le savoir ! Je n'en sais rien et je ne le sais pas ! mais ce que je sais, c'est qu'il n'y a jamais eu que des misérables parmi tous ces gens-là ! C'est que c'étaient tous des gueux, des assassins, des bonnets rouges, des voleurs ! Je dis tous ! je dis tous ! je ne connais personne ! je dis tous ! Entends-tu, Marius ! Vois-tu bien, tu es baron comme ma pantoufle ! c'étaient tous des bandits qui ont servi Robespierre[1] ! tous des brigands qui ont servi B-u-o-naparté ! tous des traîtres qui ont trahi, trahi, trahi ! leur roi légitime ! tous des lâches qui se sont sauvés devant les Prussiens et les Anglais à Waterloo[2] ! Voilà ce que je sais. Si monsieur votre père est là-dessous, je l'ignore, j'en suis fâché, tant pis, votre serviteur !

À son tour, c'était Marius qui était le tison, et M. Gillenormand qui était le soufflet. Marius frissonnait dans tous ses membres, il ne savait que devenir, sa tête flambait. Il était le prêtre qui regarde jeter au vent toutes ses hosties, le fakir qui voit un passant cracher sur son idole. Il ne se pouvait que de telles choses eussent été dites impunément devant lui. Mais que faire ? Son père venait d'être foulé aux pieds et trépigné en sa présence, mais par qui ? par son grand-père. Comment venger l'un sans outrager l'autre ? il était impossible qu'il insultât son grand-père et il était également impossible qu'il ne vengeât point son père.

---

1. ***Robespierre*** : révolutionnaire français (1758-1794) qui vota la mort de Louis XVI.

2. ***Waterloo*** : lieu de la défaite, en juin 1815, des armées de Napoléon Ier contre les Anglais et les Prussiens, défaite à la suite de laquelle l'empereur fut contraint d'abdiquer. Le père de Marius fut blessé sur le champ de bataille et « sauvé » par un soldat inconnu, qui tentait en réalité de le voler ; ce soldat n'était autre que Thénardier.

D'un côté une tombe sacrée, de l'autre des cheveux blancs. Il fut quelques instants ivre et chancelant, ayant tout ce tourbillon dans la tête, puis il leva les yeux, regarda fixement son aïeul et cria d'une voix tonnante :

– À bas les Bourbons [1], et ce gros cochon de Louis XVIII [2] !

Louis XVIII était mort depuis quatre ans, mais cela lui était bien égal.

Le vieillard, d'écarlate qu'il était, devint subitement plus blanc que ses cheveux. [...]

Et tout à coup se redressant, blême, tremblant, terrible, le front agrandi par l'effrayant rayonnement de la colère, il étendit le bras vers Marius et lui cria :

– Va-t'en.

Marius quitta la maison. [...]

Marius s'en était allé, sans dire où il allait, et sans savoir où il allait, avec trente francs, sa montre, et quelques hardes dans un sac de nuit. Il était monté dans un cabriolet de place, l'avait pris à l'heure et s'était dirigé à tout hasard vers le pays latin [3].

Qu'allait devenir Marius ? [...]

3

Excellence du malheur

La vie devint sévère pour Marius. Manger ses habits et sa montre, ce n'était rien. Il mangea de cette chose inexprimable

---

1. ***Bourbons*** : famille royale française, qui régna en France jusqu'en 1792, puis de 1814 à 1830.

2. ***Louis XVIII*** : roi de France de la famille des Bourbons qui régna durant la Restauration, de 1814 à 1824.

3. ***Pays latin*** : employé pour *Quartier latin*, quartier de Paris fréquenté par les étudiants, autour de la Sorbonne.

qu'on appelle *de la vache enragée*. Chose horrible, qui contient les jours sans pain, les nuits sans sommeil, les soirs sans chandelle, l'âtre sans feu, les semaines sans travail, l'avenir sans espérance, l'habit percé au coude, le vieux chapeau qui fait rire les jeunes filles, la porte qu'on trouve fermée le soir parce qu'on ne paie pas son loyer, l'insolence du portier et du gargotier[1], les ricanements des voisins, les humiliations, la dignité refoulée, les besognes quelconques acceptées, les dégoûts, l'amertume, l'accablement. Marius apprit comment on dévore tout cela, et comment ce sont souvent les seules choses qu'on ait à dévorer. À ce moment de l'existence où l'homme a besoin d'orgueil parce qu'il a besoin d'amour, il se sentit moqué parce qu'il était mal vêtu, et ridicule parce qu'il était pauvre. À l'âge où la jeunesse vous gonfle le cœur d'une fierté impériale, il abaissa plus d'une fois ses yeux sur ses bottes trouées et il connut les hontes injustes et les rougeurs poignantes de la misère. Admirable et terrible épreuve dont les faibles sortent infâmes, dont les forts sortent sublimes. Creuset[2] où la destinée jette un homme, toutes les fois qu'elle veut avoir un gredin ou un demi-dieu.

Car il se fait beaucoup de grandes actions dans les petites luttes. Il y a des bravoures opiniâtres[3] et ignorées qui se défendent pied à pied dans l'ombre contre l'envahissement fatal des nécessités et des turpitudes[4]. Nobles et mystérieux triomphes qu'aucun regard ne voit, qu'aucune renommée ne paie, qu'aucune fanfare ne salue. La vie, le malheur, l'isolement, l'abandon, la pauvreté, sont des champs de bataille qui ont leurs héros ; héros obscurs plus grands parfois que les héros illustres.

---

1. ***Gargotier*** : tenancier de restaurant misérable.
2. ***Creuset*** : récipient dans lequel on met le feu pour obtenir une réaction chimique.
3. ***Opiniâtres*** : obstinées.
4. ***Turpitudes*** : actions honteuses.

De fermes et rares natures sont ainsi créées ; la misère, presque toujours marâtre[1], est quelquefois mère ; le dénuement enfante la puissance d'âme et d'esprit ; la détresse est nourrice de la fierté ; le malheur est un bon lait pour les magnanimes[2].

Il y eut un moment dans la vie de Marius où il balayait son palier, où il achetait un sou de fromage de Brie chez la fruitière, où il attendait que la brune tombât pour s'introduire chez le boulanger, et y acheter un pain qu'il emportait furtivement dans son grenier, comme s'il l'eût volé. Quelquefois on voyait se glisser dans la boucherie du coin, au milieu des cuisinières goguenardes qui le coudoyaient, un jeune homme gauche portant des livres sous son bras, qui avait l'air timide et furieux, qui en entrant ôtait son chapeau de son front où perlait la sueur, faisait un profond salut à la bouchère étonnée, un autre salut au garçon boucher, demandait une côtelette de mouton, la payait six ou sept sous, l'enveloppait de papier, la mettait sous son bras entre deux livres, et s'en allait. C'était Marius. Avec cette côtelette, qu'il faisait cuire lui-même, il vivait trois jours.

Le premier jour il mangeait la viande, le second jour il mangeait la graisse, le troisième jour il rongeait l'os. À plusieurs reprises la tante Gillenormand fit des tentatives, et lui adressa les soixante pistoles. Marius les renvoya constamment, en disant qu'il n'avait besoin de rien. […]

À travers tout cela, il se fit recevoir avocat. […] Quand Marius fut avocat, il en informa son grand-père par une lettre froide, mais pleine de soumission et de respect. M. Gillenormand prit la lettre, avec un tremblement, la lut et la jeta, déchirée en quatre, au panier. […]

1. ***Marâtre*** : belle-mère, femme méchante.
2. ***Magnanimes*** : généreux, âmes nobles.

4

La conjonction de deux étoiles

Marius à cette époque était un beau jeune homme de moyenne taille avec d'épais cheveux très noirs, un front haut et intelligent, les narines ouvertes et passionnées, l'air sincère et calme, et sur tout son visage je ne sais quoi qui était hautain, pensif et innocent. […] Il était à cette saison de la vie où l'esprit des hommes qui pensent se compose, presque à proportions égales, de profondeur et de naïveté. Une situation grave étant donnée, il avait tout ce qu'il fallait pour être stupide ; un tour de clef de plus, il pouvait être sublime. Ses façons étaient réservées, froides, polies, peu ouvertes. Comme sa bouche était charmante, ses lèvres les plus vermeilles et ses dents les plus blanches du monde, son sourire corrigeait ce que toute sa physionomie avait de sévère. À de certains moments, c'était un singulier contraste que ce front chaste et ce sourire voluptueux. Il avait l'œil petit et le regard grand.

Au temps de sa pire misère, il remarquait que les jeunes filles se retournaient quand il passait, et il se sauvait ou se cachait, la mort dans l'âme. Il pensait qu'elles le regardaient pour ses vieux habits et qu'elles en riaient ; le fait est qu'elles le regardaient pour sa grâce et qu'elles en rêvaient.

Ce muet malentendu entre lui et les jolies passantes l'avait rendu farouche. Il n'en choisit aucune, par l'excellente raison qu'il s'enfuyait devant toutes. […]

Depuis plus d'un an, Marius remarquait dans une allée déserte du Luxembourg, l'allée qui longe le parapet de la Pépinière, un homme et une toute jeune fille presque toujours assis côte à côte sur le même banc à l'extrémité la plus solitaire de l'allée, du côté de la rue de l'Ouest. Chaque fois que ce hasard qui se mêle aux promenades des gens dont l'œil est retourné en dedans, amenait Marius dans cette allée, et c'était presque tous les jours, il y retrouvait ce couple. L'homme pouvait avoir une soixantaine d'années ;

il paraissait triste et sérieux ; toute sa personne offrait cet aspect robuste et fatigué des gens de guerre retirés du service. S'il avait eu une décoration, Marius eût dit : c'est un ancien officier. Il avait l'air bon, mais inabordable, et il n'arrêtait jamais son regard sur le regard de personne. Il portait un pantalon bleu, une redingote bleue et un chapeau à bords larges, qui paraissaient toujours neufs, une cravate noire et une chemise de quaker[1], c'est-à-dire éclatante de blancheur, mais de grosse toile. Une grisette passant un jour près de lui, dit : Voilà un veuf fort propre. Il avait les cheveux très blancs.

La première fois que la jeune fille qui l'accompagnait vint s'asseoir avec lui sur le banc qu'ils semblaient avoir adopté, c'était une façon de fille de treize ou quatorze ans, maigre, au point d'en être presque laide, gauche, insignifiante, et qui promettait peut-être d'avoir d'assez beaux yeux. Seulement ils étaient toujours levés avec une sorte d'assurance déplaisante. Elle avait cette mise à la fois vieille et enfantine des pensionnaires de couvent ; une robe mal coupée de gros mérinos[2] noir. Ils avaient l'air du père et de la fille.

Marius examina pendant deux ou trois jours cet homme vieux qui n'était pas encore un vieillard et cette petite fille qui n'était pas encore une personne, puis il n'y fit plus aucune attention. Eux de leur côté semblaient ne pas même le voir. Ils causaient entre eux d'un air paisible et indifférent. La fille jasait sans cesse, et gaiement. Le vieux homme parlait peu, et par instants, il attachait sur elle des yeux remplis d'une ineffable paternité.

Marius avait pris l'habitude machinale de se promener dans cette allée. Il les y retrouvait invariablement.

Voici comment la chose se passait :

---

1. *Quaker* : membre d'une secte religieuse fondée au XVIIe siècle et répandue surtout en Angleterre et aux États-Unis.

2. *Mérinos* : étoffe faite de laine.

Marius arrivait le plus volontiers par le bout de l'allée opposé à leur banc, il marchait toute la longueur de l'allée, passait devant eux, puis s'en retournait jusqu'à l'extrémité par où il était venu, et recommençait. Il faisait ce va-et-vient cinq ou six fois dans sa promenade, et cette promenade cinq ou six fois par semaine sans qu'ils en fussent arrivés, ces gens et lui, à échanger un salut. Ce personnage et cette jeune fille, quoiqu'ils parussent et peut-être parce qu'ils paraissaient éviter les regards, avaient naturellement quelque peu éveillé l'attention des cinq ou six étudiants qui se promenaient de temps en temps le long de la Pépinière, les studieux après leur cours, les autres après leur partie de billard. Courfeyrac[1], qui était des derniers, les avait observés quelque temps, mais trouvant la fille laide, il s'en était bien vite et soigneusement écarté. Il s'était enfui comme un Parthe[2] en leur décochant un sobriquet[3]. Frappé uniquement de la robe de la petite et des cheveux du vieux, il avait appelé la fille *mademoiselle Lanoire* et le père *monsieur Leblanc*, si bien que, personne ne les connaissant d'ailleurs, en l'absence du nom, le surnom avait fait loi. Les étudiants disaient : – Ah ! monsieur Leblanc est à son banc ! et Marius, comme les autres, avait trouvé commode d'appeler ce monsieur inconnu M. Leblanc.

Nous ferons comme eux, et nous dirons M. Leblanc pour la facilité de ce récit.

Marius les vit ainsi presque tous les jours à la même heure pendant la première année. Il trouvait l'homme à son gré[4], mais la fille assez maussade.

1. Courfeyrac est l'un des camarades de Marius.

2. ***Parthe*** : les Parthes étaient un peuple d'excellents cavaliers qui, dans l'Antiquité, envoyaient une flèche à leurs adversaires par-dessus l'épaule alors qu'ils s'enfuyaient.

3. ***En leur décochant un sobriquet*** : en leur lançant un surnom.

4. ***À son gré*** : à son goût.

La seconde année, précisément au point de cette histoire où le lecteur est parvenu, il arriva que cette habitude de Luxembourg s'interrompit, sans que Marius sût trop pourquoi lui-même, et qu'il fut près de six mois sans mettre les pieds dans son allée. Un jour enfin il y retourna ; c'était par une sereine matinée d'été, Marius était joyeux comme on l'est quand il fait beau. Il lui semblait qu'il avait dans le cœur tous les chants d'oiseaux qu'il entendait et tous les morceaux de ciel bleu qu'il voyait à travers les feuilles des arbres.

Il alla droit à « son allée », et, quand il fut au bout, il aperçut, toujours sur le même banc, ce couple connu.

Seulement, quand il approcha, c'était bien le même homme, mais il lui parut que ce n'était plus la même fille. La personne qu'il voyait maintenant était une grande et belle créature ayant toutes les formes les plus charmantes de la femme à ce moment précis où elles se combinent encore avec toutes les grâces les plus naïves de l'enfant ; moment fugitif et pur que peuvent seuls traduire ces deux mots : quinze ans. C'étaient d'admirables cheveux châtains nuancés de veines dorées, un front qui semblait fait de marbre, des joues qui semblaient faites d'une feuille de rose, un incarnat [1] pâle, une blancheur émue, une bouche exquise d'où le sourire sortait comme une clarté et la parole comme une musique, une tête que Raphaël eût donnée à Marie posée sur un cou que Jean Goujon eût donné à Vénus. Et, afin que rien ne manquât à cette ravissante figure, le nez n'était pas beau, il était joli ; ni droit ni courbé, ni italien ni grec ; c'était le nez parisien ; c'est-à-dire quelque chose de spirituel, de fin, d'irrégulier et de pur, qui désespère les peintres et qui charme les poètes.

1. ***Incarnat*** : rouge.

Quand Marius passa près d'elle, il ne put voir ses yeux qui étaient constamment baissés. Il ne vit que ses longs cils châtains pénétrés d'ombre et de pudeur.

Cela n'empêchait pas la belle enfant de sourire tout en écoutant l'homme à cheveux blancs qui lui parlait, et rien n'était ravissant comme ce frais sourire avec des yeux baissés.

Dans le premier moment, Marius pensa que c'était une autre fille du même homme, une sœur sans doute de la première. Mais quand l'invariable habitude de la promenade le ramena pour la seconde fois près du banc, et qu'il l'eut examinée avec attention, il reconnut que c'était la même. En six mois la petite fille était devenue jeune fille ; voilà tout. Rien n'est plus fréquent que ce phénomène. Il y a un instant où les filles s'épanouissent en un clin d'œil et deviennent des roses tout à coup. Hier on les a laissées enfants, aujourd'hui on les retrouve inquiétantes.

Celle-ci n'avait pas seulement grandi, elle s'était idéalisée. Comme trois jours en avril suffisent à de certains arbres pour se couvrir de fleurs, six mois lui avaient suffi pour se vêtir de beauté. Son avril à elle était venu.

On voit quelquefois des gens qui, pauvres et mesquins, semblent se réveiller, passent subitement de l'indigence au faste, font des dépenses de toutes sortes, et deviennent tout à coup éclatants, prodigues et magnifiques. Cela tient à une rente[1] empochée ; il y a eu une échéance[2] hier. La jeune fille avait touché son semestre.

Et puis ce n'était plus la pensionnaire avec son chapeau de peluche, sa robe de mérinos, ses souliers d'écolier et ses

1. ***Rente*** : argent que l'on reçoit à date fixe.
2. ***Échéance*** : date de versement.

mains rouges ; le goût lui était venu avec la beauté ; c'était une personne bien mise avec une sorte d'élégance simple et riche et sans manière. Elle avait une robe de damas[1] noir, un camail[2] de même étoffe et un chapeau de crêpe[3] blanc. Ses gants blancs montraient la finesse de sa main qui jouait avec le manche d'une ombrelle en ivoire chinois et son brodequin[4] de soie dessinait la petitesse de son pied. Quand on passait près d'elle, toute sa toilette exhalait un parfum jeune et pénétrant.

Quant à l'homme, il était toujours le même.

La seconde fois que Marius arriva près d'elle, la jeune fille leva les paupières, ses yeux étaient d'un bleu céleste et profond, mais dans cet azur voilé, il n'y avait encore que le regard d'un enfant. Elle regarda Marius avec indifférence, comme elle eût regardé le marmot qui courait sous les sycomores[5], ou le vase de marbre qui faisait de l'ombre sur le banc ; et Marius de son côté continua sa promenade en pensant à autre chose.

Il passa encore quatre ou cinq fois près du banc où était la jeune fille, mais sans même tourner les yeux vers elle.

Les jours suivants, il revint comme à l'ordinaire au Luxembourg, comme à l'ordinaire il y trouva « le père et la fille », mais il n'y fit plus attention. Il ne songea pas plus à cette fille quand elle fut belle qu'il n'y songeait lorsqu'elle était laide. Il passait toujours fort près du banc où elle était, parce que c'était son habitude.

---

1. ***Damas*** : étoffe de laine ou de soie unie mais dont le relief crée un effet bicolore.
2. ***Camail*** : large manteau à capuchon.
3. ***Crêpe*** : étoffe claire et fine.
4. ***Brodequin*** : chaussure lacée enveloppant le pied et le bas de la jambe.
5. ***Sycomores*** : variété d'arbres.

Un jour, l'air était tiède, le Luxembourg était inondé d'ombre et de soleil, le ciel était pur comme si les anges l'eussent lavé le matin, les passereaux poussaient de petits cris dans les profondeurs des marronniers, Marius avait ouvert toute son âme à la nature, il ne pensait à rien, il vivait et il respirait, il passa près de ce banc, la jeune fille leva les yeux sur lui, leurs deux regards se rencontrèrent.

Qu'y avait-il cette fois dans le regard de la jeune fille ? Marius n'eût pu le dire. Il n'y avait rien et il y avait tout. Ce fut un étrange éclair.

Elle baissa les yeux, et il continua son chemin.

Ce qu'il venait de voir, ce n'était pas l'œil ingénu et simple d'un enfant, c'était un gouffre mystérieux qui s'était entrouvert, puis brusquement refermé.

Il y a un jour où toute jeune fille regarde ainsi. Malheur à qui se trouve là !

Ce premier regard d'une âme qui ne se connaît pas encore est comme l'aube dans le ciel. C'est l'éveil de quelque chose de rayonnant et d'inconnu. Rien ne saurait rendre le charme dangereux de cette lueur inattendue qui éclaire vaguement tout à coup d'adorables ténèbres et qui se compose de toute l'innocence du présent et de toute la passion de l'avenir. C'est une sorte de tendresse indécise qui se révèle au hasard et qui attend. C'est un piège que l'innocence tend à son insu et où elle prend des cœurs sans le vouloir et sans le savoir. C'est une vierge qui regarde comme une femme.

Il est rare qu'une rêverie profonde ne naisse pas de ce regard là où il tombe. Toutes les puretés et toutes les candeurs se rencontrent dans ce rayon céleste et fatal qui, plus que les œillades les mieux travaillées des coquettes, a le pouvoir magique de faire subitement éclore au fond d'une âme cette fleur sombre, pleine de parfums et de poisons, qu'on appelle l'amour.

Le soir, en rentrant dans son galetas, Marius jeta les yeux sur son vêtement, et s'aperçut pour la première fois qu'il avait la malpropreté, l'inconvenance et la stupidité inouïe d'aller se promener au Luxembourg avec ses habits « de tous les jours », c'est-à-dire avec un chapeau cassé près de la ganse [1], de grosses bottes de roulier, un pantalon noir blanc aux genoux et un habit noir pâle aux coudes.

Le lendemain, à l'heure accoutumée, Marius tira de son armoire son habit neuf, son pantalon neuf, son chapeau neuf et ses bottes neuves ; il se revêtit de cette panoplie complète, mit des gants, luxe prodigieux, et s'en alla au Luxembourg.

Chemin faisant, il rencontra Courfeyrac, et feignit de ne pas le voir. Courfeyrac en rentrant chez lui dit à ses amis :

– Je viens de rencontrer le chapeau neuf et l'habit neuf de Marius, et Marius dedans. Il allait sans doute passer un examen. Il avait l'air tout bête.

Arrivé au Luxembourg, Marius fit le tour du bassin et considéra les cygnes, puis il demeura longtemps en contemplation devant une statue qui avait la tête toute noire de moisissure et à laquelle une hanche manquait. Il y avait près du bassin un bourgeois quadragénaire et ventru qui tenait par la main un petit garçon de cinq ans et lui disait : – Évite les excès. Mon fils, tiens-toi à égale distance du despotisme [2] et de l'anarchie [3]. Marius écouta ce bourgeois. Puis il fit encore une fois le tour du bassin. Enfin il se dirigea vers « son allée », lentement et comme s'il y allait à regret. On eût dit qu'il était à la fois forcé et empêché d'y aller. Il ne se rendait aucun compte de tout cela, et croyait faire comme tous les jours.

En débouchant dans l'allée, il aperçut à l'autre bout « sur leur banc » M. Leblanc et la jeune fille. Il boutonna son habit jusqu'en haut, le tendit sur son torse pour qu'il ne fît pas de plis, examina

1. ***Ganse*** : cordon ou ruban qui orne un chapeau.
2. ***Despotisme*** : pouvoir arbitraire et tyrannique.
3. ***Anarchie*** : absence de pouvoir, laxisme.

avec une certaine complaisance les reflets lustrés de son pantalon, et marcha sur le banc. Il y avait de l'attaque dans cette marche et certainement une velléité [1] de conquête. Je dis donc il marcha sur le banc, comme je dirais : Annibal marcha sur Rome [2].

Du reste il n'y avait rien que de machinal dans tous ses mouvements, et il n'avait aucunement interrompu les préoccupations habituelles de son esprit et de ses travaux. Il pensait dans ce moment-là que le *Manuel du Baccalauréat* était un livre stupide et qu'il fallait qu'il eût été rédigé par de rares crétins pour qu'on y analysât comme chefs-d'œuvre de l'esprit humain trois tragédies de Racine et seulement une comédie de Molière. Il avait un sifflement aigu dans l'oreille. Tout en approchant du banc, il tendait les plis de son habit et ses yeux se fixaient sur la jeune fille. Il lui semblait qu'elle emplissait toute l'extrémité de l'allée d'une vague lueur bleue.

À mesure qu'il approchait, son pas se ralentissait de plus en plus. Parvenu à une certaine distance du banc, bien avant d'être à la fin de l'allée, il s'arrêta, et il ne put savoir lui-même comment il se fit qu'il rebroussa chemin. Il ne se dit même point qu'il n'allait pas jusqu'au bout. Ce fut à peine si la jeune fille put l'apercevoir de loin et voir le bel air qu'il avait dans ses habits neufs. Cependant il se tenait très droit, pour avoir bonne mine dans le cas où quelqu'un qui serait derrière lui le regarderait.

Il atteignit le bout opposé, puis revint, et cette fois il s'approcha un peu plus près du banc. Il parvint même jusqu'à une distance de trois intervalles d'arbres, mais là il sentit je ne sais quelle impossibilité d'aller plus loin, et il hésita. Il avait cru voir le visage de la jeune fille se pencher vers lui. Cependant il fit un effort viril et violent, dompta l'hésitation et continua d'aller en avant. Quelques secondes après, il passait devant le banc, droit et ferme, rouge

---

1. ***Velléité*** : ambition.

2. Annibal, chef des Carthaginois, franchit les Alpes avec ses éléphants en 219 av. J.-C. pour conquérir Rome.

jusqu'aux oreilles, sans oser jeter un regard à droite ni à gauche, la main dans son habit comme un homme d'État. Au moment où il passa – sous le canon de la place – il éprouva un affreux battement de cœur. Elle avait comme la veille sa robe de damas et son chapeau de crêpe. Il entendit une voix ineffable qui devait être « sa voix ». Elle causait tranquillement. Elle était bien jolie. Il le sentait, quoiqu'il n'essayât pas de la voir. [...]

Il dépassa le banc, alla jusqu'à l'extrémité de l'allée qui était tout proche, puis revint sur ses pas et passa encore devant la belle fille. Cette fois il était très pâle. Du reste il n'éprouvait rien que de fort désagréable. Il s'éloigna du banc et de la jeune fille, et tout en lui tournant le dos, il se figurait qu'elle le regardait, et cela le faisait trébucher.

Il n'essaya plus de s'approcher du banc, il s'arrêta vers la moitié de l'allée, et là, chose qu'il ne faisait jamais, il s'assit, jetant des regards de côté, et songeant dans les profondeurs les plus indistinctes de son esprit, qu'après tout il était difficile que les personnes dont il admirait le chapeau blanc et la robe noire fussent absolument insensibles à son pantalon lustré et à son habit neuf.

Au bout d'un quart d'heure il se leva, comme s'il allait recommencer à marcher vers ce banc qu'une auréole entourait. Cependant il restait debout et immobile. Pour la première fois depuis quinze mois il se dit que ce monsieur qui s'asseyait là tous les jours avec sa fille l'avait sans doute remarqué de son côté et trouvait probablement son assiduité étrange.

Pour la première fois aussi il sentit quelque irrévérence à désigner cet inconnu, même dans le secret de sa pensée, par le sobriquet de M. Leblanc.

Il demeura ainsi quelques minutes la tête baissée et faisant des dessins sur le sable avec une baguette qu'il avait à la main.

Puis il se tourna brusquement du côté opposé au banc, à M. Leblanc et à sa fille, et s'en revint chez lui.

Ce jour-là il oublia d'aller dîner. À huit heures du soir il s'en aperçut, et comme il était trop tard pour descendre rue St-Jacques, tiens ! dit-il, et il mangea un morceau de pain.

Il ne se coucha qu'après avoir brossé son habit et l'avoir plié avec soin. […]

Une quinzaine s'écoula ainsi. Marius allait au Luxembourg non plus pour se promener, mais pour s'y asseoir toujours à la même place et sans savoir pourquoi. Arrivé là, il ne remuait plus. Il mettait chaque matin son habit neuf pour ne pas se montrer, et il recommençait le lendemain.

Elle était décidément d'une beauté merveilleuse. La seule remarque qu'on pût faire qui ressemblât à une critique, c'est que la contradiction entre son regard qui était triste et son sourire qui était joyeux donnait à son visage quelque chose d'un peu égaré, ce qui fait qu'à de certains moments ce doux visage devenait étrange sans cesser d'être charmant. […]

[Marius trouve un soir sur le banc que viennent de quitter « M. Leblanc et sa fille » un mouchoir de femme, marqué aux initiales U. F. Il baptise donc la jeune inconnue « Ursule ».]

Il suivit « Ursule ».

Elle demeurait rue de l'Ouest, à l'endroit le moins fréquenté, dans une maison neuve à trois étages d'apparence modeste.

À partir de ce moment, Marius ajouta à son bonheur de la voir au Luxembourg le bonheur de la suivre jusque chez elle.

Sa faim augmentait. Il savait comment elle s'appelait, son petit nom du moins, le nom charmant, le vrai nom d'une femme ; il savait où elle demeurait ; il voulut savoir qui elle était.

Un soir, après qu'il les eut suivis jusque chez eux et qu'il les eut vus disparaître sous la porte cochère, il entra à leur suite et dit vaillamment au portier :

– C'est le monsieur du premier qui vient de rentrer ?

– Non, répondit le portier. C'est le monsieur du troisième.

Encore un pas de fait. Ce succès enhardit Marius.

– Sur le devant ? demanda-t-il.

– Parbleu ! fit le portier, la maison n'est bâtie que sur la rue.

– Et quel est l'état de ce monsieur ? repartit Marius.

– C'est un rentier, monsieur. Un homme bien bon, et qui fait du bien aux malheureux, quoique pas riche.

– Comment s'appelle-t-il ? reprit Marius.

Le portier leva la tête, et dit :

– Est-ce que monsieur est mouchard ?

Marius s'en alla assez penaud, mais fort ravi. Il avançait.

– Bon, pensa-t-il. Je sais qu'elle s'appelle Ursule, qu'elle est fille d'un rentier, et qu'elle demeure là, au troisième, rue de l'Ouest.

Le lendemain M. Leblanc et sa fille ne firent au Luxembourg qu'une courte apparition ; ils s'en allèrent qu'il faisait grand jour. Marius les suivit rue de l'Ouest comme il en avait pris l'habitude. En arrivant à la porte cochère, M. Leblanc fit passer sa fille devant, puis s'arrêta avant de franchir le seuil, se retourna et regarda Marius fixement.

Le jour d'après, ils ne vinrent pas au Luxembourg. Marius attendit en vain toute la journée.

À la nuit tombée, il alla rue de l'Ouest, et vit de la lumière aux fenêtres du troisième. Il se promena sous ces fenêtres, jusqu'à ce que cette lumière fût éteinte.

Le jour suivant, personne au Luxembourg. Marius attendit tout le jour, puis alla faire sa faction de nuit sous les croisées. Cela le conduisait jusqu'à dix heures du soir. Son dîner devenait ce qu'il pouvait. La fièvre nourrit le malade et l'amour l'amoureux.

Il se passa huit jours de la sorte. M. Leblanc et sa fille ne paraissaient plus au Luxembourg. Marius faisait des conjectures tristes ; il n'osait guetter la porte cochère pendant le jour. Il se contentait d'aller à la nuit contempler la clarté rougeâtre des vitres. Il y voyait par moments passer des ombres, et le cœur lui battait.

Le huitième jour, quand il arriva sous les fenêtres, il n'y avait pas de lumière. – Tiens ! dit-il, la lampe n'est pas encore allumée. Il fait nuit pourtant. Est-ce qu'ils seraient sortis ? Il attendit jusqu'à dix heures. Jusqu'à minuit. Jusqu'à une heure du matin. Aucune lumière ne s'alluma aux fenêtres du troisième étage et personne ne rentra dans la maison. Il s'en alla très sombre.

Le lendemain, – car il ne vivait que de lendemains en lendemains, il n'y avait, pour ainsi dire, plus d'aujourd'hui pour lui, – le lendemain il ne trouva personne au Luxembourg, il s'y attendait ; à la brune, il alla à la maison. Aucune lueur aux fenêtres ; les persiennes étaient fermées ; le troisième était tout noir.

Marius frappa à la porte cochère, entra et dit au portier :

– Le monsieur du troisième ?

– Déménagé, répondit le portier.

Marius chancela et dit faiblement :

– Depuis quand donc ?

– D'hier.

– Où demeure-t-il maintenant ?

– Je n'en sais rien.

– Il n'a donc point laissé sa nouvelle adresse ?

– Non.

Et le portier levant le nez reconnut Marius.

– Tiens ! c'est vous ! dit-il, mais vous êtes donc décidément quart d'œil [1] ? [...]

[Plusieurs mois s'écoulent sans que Marius retrouve trace de sa belle inconnue. Mais un hasard le rend un jour témoin d'un guet-apens organisé par son voisin Jondrette pour obtenir de l'argent de « monsieur Leblanc ». Marius décide de prévenir la police. Javert se charge

1. ***Quart d'œil*** (ou cardeuil) : espion.

de l'affaire. C'est alors que le jeune homme découvre que Jondrette, l'agresseur de M. Leblanc, n'est autre que Thénardier, l'homme qui a sauvé son père à Waterloo. Il se trouve confronté à un terrible cas de conscience : s'il le dénonce pour sauver M. Leblanc, il trahit les dernières volontés de son père. Avant qu'il ait eu le temps de prendre une décision, la police intervient et arrête les bandits, tandis que le mystérieux « monsieur Leblanc » disparaît avant l'arrivée de Javert.]

Création maquette intérieure :
Sarbacane Design.

Composition : IGS-CP.
N° d'édition : L.01EHRNFG2270.C004
Dépôt légal : août 2006
Imprimé en Espagne par Novoprint S. A.